책 읽어주는 엄마와
작가 된 12살 딸의 기록

책 읽어주는 엄마와
작가 된 12살 딸의 기록

초판 1쇄 인쇄 _ 2019년 3월 1일
초판 1쇄 발행 _ 2019년 3월 10일

지은이 _ 이주하

펴낸곳 _ 바이북스
펴낸이 _ 윤옥초
책임 편집 _ 김태윤
책임 디자인 _ 이민영

ISBN _ 979-11-5877-084-6 04810
      979-11-5877-082-2 04810 (세트)

등록 _ 2005. 7. 12 | 제 313-2005-000148호

서울시 영등포구 선유로49길 23 아이에스비즈타워2차 1005호
편집 02)333-0812 | 마케팅 02)333-9918 | 팩스 02)333-9960
이메일 postmaster@bybooks.co.kr
홈페이지 www.bybooks.co.kr

책값은 뒤표지에 있습니다.
책으로 아름다운 세상을 만듭니다. ― 바이북스

육아의 성장과 실패를
마음대로 오리고 붙인 12년의 보고서

책 읽어주는 엄마와
작가 된 12살 딸의 기록

글 이주하

바이북스
ByBooks

다시 돌아가도 선택할 몰입 육아

자녀 한 명 키우는 데 드는 비용 영아기(1~4세) 3,064만원, 유아기(5~7세) 3,686만원, 초등학교(8~13세) 7,596만원, 중·고등학교(14~19세) 8,842만원, 대학교(20~23세) 7,709만원. 총액 3억 897만원.

예능프로 시청하다 양육과 출산의 어려움을 보여주는 차트를 만났다. 익히 들은 소문. 할아버지의 재력, 엄마의 열정을 담은 정보력, 아빠의 무관심, 삼 박자가 톱니바퀴 물려 돌아야 4차산업혁명에 살아남는 미래가 원하는 인재가 된다고 한다. 과연 그럴까? 소문이 현실이 될까 봐 심히 불안했다. 고비용 육아가 양육의 질을 결정할까 봐 밤마다 잠들지 못했다. 금수저로 태어났다면 참말로 좋았겠지만 돈 없고 빽 없었다. 금맥으로 다져진 인맥이야 욕심 부리지 않았기에 쳐다보지 않아 덜 절망했다. 게다가 친정엄마 백 그라운가 없어서 자주 서러웠다. 심지어 군만두 5개 때문에 6살 딸을 질투했다. 의사 표현을 할 방법이라곤 우는 것밖에 모르는 6개월 아기를 운다고 때렸다. 아이는 힘들다고 외치는데 '사회성이 부족한 아이'라는 옆집 엄마의 평가가 듣기 싫어서 참고 견디자고 나와 아이를 속였다.

모성애 부족, 여유롭지 못한 생활비, 자존감 제로, 타인의 시선에 목숨 거는 모범생 습관, 부모를 공경하지 않는 오만함, 나만 잘 살고 보자는 독기, 세상을 향한 억울함이 가득했다. 공감력은 마이너스, 서툰 엄마의 성향은 모두 지니고 있었다. 그럼에도 잘한 것은 없나 스스로 칭찬해주려고 열심히 과거를 돌아보지만 고수 엄마의 자질은 끝내 찾지 못했다.

어렵게 아이를 낳았다. 그래서인지 아이를 위해 목숨 걸 각오는 있었다. 하지만 매 순간 아이 눈빛은 따라가지 못하는 이기적인 모습을 볼 때마다 '엄마가 아닌가 봐' 자책하고 쓰러졌다 일어나길 반복했다. 다시 일어날 수 있었던 원동력은 아이가 보내는 절대적인 사랑 때문이었다. 아이가 잘못한 것 이상의 화를 내도 "미안해." 한 마디면 "엄마가 제일 좋아."라고 바로 날 용서해줬다.

"비교하는 말이 아니라 이런 경우도 있어."라는 말로 의도를 숨

긴 채 아이 친구와 비교했다. 엄친아는 바라지도 않는다고 말로 세
뇌시켰다. 그러면서 아이의 행동에서 엄친아 모습이 보이면 환한
얼굴로 "와우" 감탄했다. 말이 아닌 표정, 몸짓, 눈빛으로 아이를
있는 그대로 품어주지 못했다. 어설픈 엄마를 아이는 늘 "엄마가
세상에서 제일 예뻐, 최고야."라고 답했다.

아이는 조건 없이 온전히 엄마를 품어준다. 서툰 엄마지만 아이
에게는 엄마란 비교 불가 절대적인 존재구나 느낀 순간부터 달라
졌다. 아이의 믿음에 조금이나마 답하고 싶었다. 서툰엄마라는 사
실을 아이에게 들키고 싶지 않아 배우고 행동하며 변했다. 아이의
성장을 위해 애쓰는 사이 나다움을 찾았다. 마음속 깊이 숨은 화를
드러내 달래주고 사랑하며 사는 일상을 만들었다.

이 책은 육아 교과서가 아니다. 육아 고수의 말씀도 아니다. 육
아의 성장과 실패를 마음대로 오리고 붙인 12년의 보고서에 가깝
다. 나는 이렇게 키웠다. 너는 어떻게 키울래? 질문 던져주는 육아

연습장이다. 만삭 사진을 찍던 철없는 임산부가 12년을 살아보니 육아 개똥철학이 생겼다. 처음 육아를 시작할 때는 자신 있었다. 육아 고수가 꼭 되어보자. 굳게 다짐했고 이룰 수 있을 줄 알았다. 육아의 끝은 아이가 정신적, 육체적, 경제적 독립을 이루었을 때 대충 정리된다. 대충 정리될 날은 한참 남았다. 완성되지 않은 개똥철학의 일부를 풀었다.

자신감 가득한 서툰 엄마가 육아 고수가 되기 위해 공부하며 달리다 넘어졌다. 나보다 잘난 육아 고수가 너무도 많았기 때문이다. "잘난 엄마니까, 가능했겠지." 나름 핑곗거리를 찾고 좌절을 합리화했다. 잘난 엄마가 고수가 되는 것이 아니었다. 아이와 함께 주어진 삶을 최선을 다해 살아내겠다고 마음먹은 엄마, 나와는 다른 삶의 방식을 습관으로 물려주겠다 행동하는 엄마, 아이와 함께 배우는 엄마, 쉬지 않고 사랑을 온몸으로 표현하는 엄마가 어느 날 육아 고수가 된다.

육아는 어렵지만 쉬운 방법이 있다. 아이와 엄마가 편한 육아를 천천히, 꾸준히, 지속해야 성장한다. 쉬운 방법이 한 번에 뚝딱 찾아지면 좋겠지만 그런 도깨비 방망이는 어디에도 없다. 도깨비 방망이가 없기에 세상은 공평하다. 보이는 즉시 움직이는 육아가 배움과 깨달음의 기회를 한없이 준다. 책 속에서 적용할 만한 것을 많이 찾아내셨으면 좋겠다. 실패는 패스하고 좋은 것만 얻어가시길 빌어본다.

육아의 시작은 미약했다. 가진 것이 없어서 육아에 집중했다. 12살까지 키우는 동안 1억4천만원 안 쓰고 엄마만이 줄 수 있는 시간과 사랑에 공들였다. 고비용 육아보다 고효율 육아에 집중했더니 웃을 날이 많았다. 엄마는 육아를 책으로 배우고 아이는 일상을 책과 자연에서 배웠다. 12년 동안 단단한 내공을 쌓았다. 불안한 미래가 있을지언정 두렵지 않다. 고효율 육아의 최대 장점은 불안 대처 능력이 빨라진다는 것이다. 급변하는 사회 속에 아이와 함께 웃는 날이 많아지길 기대한다.

지나고 보니 외롭고 쓸쓸한 육아 시기에 아이는 가장 많이 성장했고 고독의 바닥을 쓸고 다닌 시간 나 역시 성장률이 높았다. 삶의 모든 순간은 혼자 만들어가는 것이라 생각한다. 혼자 묵묵히 걸어갈 때 좋은 인연이 아이와 나를 도왔다. 인연을 끌어당길 수 있으면 좋겠지만 그보다 스스로 헤쳐가는 법을 먼저 익히면 진짜 좋은 사람을 만난다.

엄마 없이 모든 걸 책으로 배워야 했던 찌질한 엄마 이야기를 통해 멋진 육아 철학을 만들어내시길 빌어본다. 부족한 것이 많아 배움이 고팠다. 결핍이 지나고 보니 기회가 되었다. 나처럼 부족한 사람도 해냈으니 충분히 아이와 함께 성장한 나를 만날 수 있으리라 믿는다. 아이와 함께 조금은 어른다운 모습을 갖춰가는 이야기를 시작한다.

이주하 드림

들어가는 글 다시 돌아가도 선택할 몰입 육아 • 4

제1장 나를 발견하는 시간

01 온몸으로 품어줄 듯한 '오빠' • 14
02 어느 날, 초코 천사를 만나다 • 20
03 누구나 사랑할 수 있다 • 26
04 때를 알고 내리는 비 • 30
05 내 몸과 삶을 믿을 때 아이는 엄마를 선택한다 • 35
06 아이는 세상의 아름다움을 보여 주러 엄마에게 온다 • 39
07 도망치고 싶을 때 방황해도 괜찮아 • 44

제2장 사랑이 채워지는 관계

01 어떤WHAT 울타리를 어떻게HOW 만들 것인가? • 50
02 아름다운 엄마로 살아남기 • 54
03 내일이 아니라 오늘을 위해 내려놓기 • 59
04 이 안에 너 있다 • 64
05 여우 엄마에서 고슴도치 엄마로 • 69
06 아이의 결점에 익숙해져라 • 76
07 엄마와 딸 사이 • 83

제3장 엄마도 엄마는 처음이야

01 육아 귀신 물렀거라 • 90
02 각자의 시간을 즐길 줄 아는 부모 • 96
03 체력이 우선이다 • 101

04 다이어트는 필수 · 107

05 아이에게 선택받으려면? · 114

06 엄마니까, 한번은 독해지자 · 121

07 사랑해, 고마워, 축복해 · 127

제4장 **엄마 공부를 시작하다**

01 육아는 행복을 품은 지뢰투성이 · 132

02 인간다운 삶을 위한 여정 · 138

03 몸과 마음이 변하는 진짜 독서 · 143

04 체벌로 아이를 바꿀 수 있을까? · 151

05 1톤 생각보다 1그램 행동이 먼저다 · 157

06 엄마는 이미 충분한 능력이 있다 · 163

07 엄마, 퍼스널 브랜딩 · 170

제6장 **엄마로 살아가는 기쁨**

01 엄마 책을 씹어먹는 아이 · 178

02 바보존을 확장해가는 아이 · 184

03 아이를 위한 단 하나의 핵심 키워드 · 190

04 엄마도 아이도 함께 성장하는 육아 · 197

05 엄마 사용 설명서 · 201

06 좋은 운을 쌓아야 기회가 온다 · 207

07 육아는 반전 있는 드라마다 · 213

마치는 글 민감한 내 아이를 위하여 · 220

제
1
장

나를
발견하는
시간

01
온몸으로 품어줄 듯한
'오빠'

꽃같이 아름다운 시기는 모두에게 있다. 20대, 가장 예쁘고 자신
감 넘치는 당당한 여자였고 곳곳에서 나에게 사랑의 화살을 쏘았
다. 골라잡는 재미가 쏠쏠한 시기에 지금의 '오빠'를 만났다. 잘 생
겼고 경상도 특유의 말없는 오빠, 무엇이든 '해결해 줄게' 보여주
는 오빠, 아버지 사랑을 못 받은 결핍 가득한 나를 아빠처럼 감싸
줄 것 같았다. 늦은 밤에 수업 마치고 데이트 시간 부족하고, 왔다
갔다하는 건 시간 낭비라 여겨 26살에 큰 결정을 했다.

　결혼 준비하는 과정에서 냉장고, TV, 전자 제품 살 때는 꼼꼼
히 비교하고 발품 팔아 구입했는데, 결혼을 결심할 때는 큰 고민이
없었다. 아버지의 품을 떠나고 싶었고 안정적인 보금자리를 만들
고 싶었다. 나 스스로 잘 벌고 능력 있는 여자라서 이것저것 따지
지 않아도 '충분히 잘 살 것이다'라는 자만심이 가득했다. 남편은
입사한 지 얼마 안 된 직장인이었다. 서로의 마음을 확인했으니 이

리저리 따지는 것은 사랑에 대한 예의가 아니지 않는가. 남편은 남들처럼 손에 물 한 방울 안 묻히겠다는 하얀 거짓말도 없었다. 하지만 눈에 콩깍지가 두껍게 씌었다. 남들 하는 것 다 하지 않아도 둘만의 사랑으로 행복하게 살 수 있을 것이라는 환상만 존재했다.

결혼은 한 여자와 남자의 인생을 바꾸어 놓을 수 있는 '인류지대사'이건만 결혼을 번갯불에 콩 구워 먹듯 일사천리로 진행했다. 큰일이라 생각하고 접근하면 못할 수도 있는 것이 결혼 아닐까? 앞길을 모르고 진행했기에 배운 것이 더 많았다. 부부로 적응하는 시기에는 화끈한 사랑이 아닌 우정을 가꾸는 과정이 숨어 있었다. 사랑이 안정될 때까지 지루한 싸움도 많았다. 억울해도 누굴 탓하랴, 내가 저지른 일. 상대의 잘못보다 나의 책임을 먼저 묻고 개선 방안을 찾는 것이 최선이었다.

서로를 위해 믿음과 신의가 있다면 부부생활이 슬기롭게 지나갈 줄 알았다. 막상 결혼을 하고 보니 예상했던 것과 다른 사소한 일로 '이혼'이 자주 떠올랐다. 무엇을 원하는지 나도 모르면서 빛나는 아이디어를 가지고 "네가 많이 아팠구나. 내가 지켜줄게" 안아주길 기대했다. 기대가 높으니 애쓰는 오빠의 말과 행동은 상대적으로 어설펐다.

신혼 초 늦은 밤 다투고 집을 나섰다. 현관문을 온 힘을 다해 '쾅' 닫았다. 수다 떨던 많은 친구들도 남편과 싸운 날은 기억나지 않는다. 집 앞 놀이터에서 불길 죽이고 싶었건만 살을 에는 바람은 사양했다. 맥주 두 캔을 사서 그나마 마음 편한 주차장에 세워진 차로 향했다. 어떤 온도에도 데워지지 않을 냉기 녹으면서 '어떻게 들어가지? 추운데 괜히 나왔다. 들어가면 왠지 지는 느낌인데.'

작든 크든 의견 충돌이 일어나면 왜 함께 살아야 하나, 말아야 하나를 고민할까? 부모님은 20년 암묵적 이혼상태였다. "딸은 엄마 팔자를 닮는다." 나는 어른들이 무심코 던진 말에 많은 상처를 받았다. 집 나간 엄마를 닮을까 노심초사 지켜보는 어른이 많았다. 엄마가 왜 집을 나갔는지는 중요하지 않았다.

참 이상하지! 싸움은 분명 두 사람이 한다. 어느 쪽도 일방적인 가해자나 피해자가 될 수 없는데 유독 여자 탓이라 여기는 것은 우습다. 나조차 '엄마와 난 달라. 분명 다를 거야. 다르게 살고 싶어'라는 생각이 가득했고 그 다름을 증명하고 싶었다. 그러다 보니 부부 문제를 해결하려 노력하기보다 남편을 걸림돌로 여겼다. 부부 문제를 정면으로 보지 못하고 '너 때문에 행복할 수 없으니. 이혼이야.' 남편을 핑계 삼기 바빴다.

화나는 감정은 잘못이 아니다. 불같이 화났지만 무엇을 해결하고 싶은지 마음을 돌아보는 것이 중요하다. 죽이 되든, 밥이 되든 문제 해결을 위해 집에서 둘이 싸우자. 화난 순간에는 '저 인간'이랑 살 수 없을 것 같았다. 잠시만 지나면 환하게 웃으며 다정한 오빠 곁으로 향했다. 이런 내 모습을 볼 때면 '자존심도 없나?' 내면의 소리에 시달리기도 했다.

'싸우고 갈 곳 없으면 넌 엄마한테 가면 되지만, 난 여기가 전부다. 널 쫓아내는 날이 있을지언정 여긴 내가 지킨다.' 마음 편히 잠시라도 쉴 수 있는 1평짜리 친정도 없으니 자존심 상하지만 배수진을 쳤다. '개뿔!' 배수진을 친다고 서툰 여자가 급속 성장이 가능할까? 인생에는 성장 촉진제가 없다. 돌아갈 곳이 없으니 남편에게 의지하는 마음은 점점 커졌다.

아기와 함께하는 시간은 늘 두려웠다. 손대면 톡 터질 것 같아서 가까이 가기보다 지켜보는 편이었다. 아이가 웃고 있어도 당황해서 얼굴은 홍당무 땀구멍은 활짝 열렸다. 아픈 날이면 더 긴장해서 정신이 멍했다. 남편은 어설픈 내가 불안해 보였고, 원하는 대로 해주지 않으면 산후우울증으로 언제 폭발할지 모르니 나름대로 최선을 다했다.

"탁월한 성장을 자랑하는 딸을 등에 업고, 왼쪽에 기저귀 가방, 오른쪽에 정체 모를 가방 들고 낑낑거리며 차 손잡이 겨우 잡는 널 보니 미안한 생각이 들더라. 예쁘고 야무진 네가 엄마가 되어 온몸에 짊어진 짐이 너무 많구나."

"오빠. 참말로 기가 막힌다. 그럼 내려서 차 문을 열어줬어야지 그걸 보고만 있었어?"

남편의 갑작스러운 고백에 '알고 있으니 다행이다, 오빠 수준이 딱 거기까지다. 한 단계 더 생각했으면 딱 좋았을 텐데.' 다가오는 날 보며 안쓰럽고 미안함이 교차해 열어줘야 할 다음을 생각하지 못 했다. 성질 급해서 배려 타이밍을 못 기다리지만, 이날 이후 오빠의 마음은 느낄 수 있다.

부부는 찰나의 순간에 온몸으로 품어주는 기운을 느낀다. 또한 삽시간에 서로를 밀어내는 냉기를 맛본다. 처음부터 잘하는 부부는 없다. 매 순간 언제 상대가 품어주는 사랑을 느끼는지 관찰이 필요하다. 옆집 남편의 달콤한 사랑에 주눅 들지 말고 내 남자 살펴보자. 내가 어설픈 사랑으로 남편을 껴안지 못 했듯이 남편도 몰랐을 뿐이다.

세 명이 사는 집은 끝을 알리는 세탁기 멜로디가 자주 울린다. 압력밥솥 김빠지는 소리는 매일 난다. 화장실에서 달려오기 불편한데, 옆에 있으면서 귀에 대못이 박았는지 남편은 못 듣는다. 밥벌이 후 도와 달라 요청해도 '잠깐만' 외친다. 엄마에게 보이는 것이 아빠 눈과 귀에는 반응하지 않는다. 달라도 어쩜 이렇게 다른 두 사람이 한 공간에서 살게 되었을까. 가끔 육아와 결혼은 미친 짓이다.

딴 별에서 날아온 사람을 관찰하기 15년 차, 내 남자가 잘하는 것 한 가지가 보인다. 어떤 일이든 내가 하는 것에 최고의 응원을 보낸다. 부부가 행복하게 사는 길은 남자가 잘하는 한 가지를 발견하고 칭찬하고 방방 띄워 그 영역을 넓히면 된다. 인간은 모두 칭찬에 약하다. 그럼 잘하는 한 가지가 100가지의 단점을 덮어버리는 날이 온다.

'필사즉생 필생즉사' 죽기로 싸우면 살고, 살려고 비겁하면 반드시 죽는다. 겉멋 들어 시작한 신혼에서 살아남는 법은 배수진이었다. 있는 힘을 다해 존중하며 싸워야 너와 내가 적응한다. 가정이 흔들리지 않아야 사회가 건강해진다. 있는 힘을 다해 살아내는 것은 나를 돕고 사회를 밝게 만든다. "네가 최고야." 온몸으로 품어주는 오빠를 인정하기까지 많은 것을 포기하고 버렸다. 죽기 살기로 싸우는 것은 버리는 기술을 익히는 것이다.

02
어느 날, 초코 천사를
만나다

자정 무렵 양수가 터졌고 친정엄마 없는 서러움을 아는지 남편의 배려로 가족 분만실에 누웠다. 촉진제를 맞고 진통이 시작되었다. 출산 과정을 담은 사진을 봐서 두려움에 속이 타 들어갔다. 두려움이 깊어질수록 남편의 코골이 강도가 세졌다. 3분 간격으로 진통이 오는데 참을 만하다고 헛소리 했다. 아프다고 빨리 말했으면 무통주사의 달콤함을 단 몇 분이라도 먼저 만났을 텐데. 자연분만을 위해 이 정도는 참아야 되겠지 세뇌 또 세뇌하느라 몸 상태를 제대로 표현하지 못했다.

의사가 첫 내진할 때부터 자연분만을 의심했다. 진행 상태에 비해 골반이 열리지 않는다고 자주 찔러 보았다. "모성애 시작은 자연분만!" 수없이 외쳤다. 자연분만 고집하는 나와 의사와의 말없는 신경전이 벌어졌다. 진통 시작한 지 12시간이 지나자 아이는 호흡곤란이 왔다. 양수는 줄고 이대로 버틴다고 해결될 일이 아니라고 의사는 수술을 권했다.

두렵지만 하늘이 노래지는 경험을 꼭 해보고 싶었는데 아쉽게도 마취가 덜 깬 상태에서 아이를 만났다. 하얀 천사가 눈앞에 올 줄 알았는데, 악을 쓰며 우느라 눈을 뜨지 못하는 까만 초코 아이가 왔다. '옴마야. 다크 천사도 있어? 저 아이가 내 딸이라고? 설마' 의심스러운 마음과 달리 제어불가 눈물이 귓바퀴를 탔다. 2006년 9월 초코 빛 아가의 공식적인 엄마가 되었다. 서류상의 엄마지만 진짜 엄마가 되기까지 여러 성장 과정이 필요했다. 뱃속에서 열 달을 키워 나왔듯이 엄마로 성장하는 과정에는 숙성 시간이 각 단계마다 함께했다. 말이 숙성이지 눈물바다였다.

인형 안에 인형이 들어가 있는 러시아 목각 인형의 이름은 '마트료시카'다. 5단, 6단, 7단 등 다양하다. 행운을 상징하는 인형 속의 인형 '마트료시카'와 진짜 엄마로 성장하는 과정이 비슷하다. 넘어지고 일어나는 과정에서 성장하고, 아이와 더 가까워지는 행운을 만났다. 사람마다 행운을 만나는 단계도 목각인형처럼 다양하다. '나는 진짜 엄마다.' 가슴 깊은 곳의 울림이 행동으로 옮겨질 때마다 느껴지는 황홀함은 계속 성장하고픈 갈망을 전해줬다. 진짜 엄마가 되는 과정에는 큰 질문이 함께했고 답을 찾을 때 아이와 더 가까워졌다.

① 명문대에 보내지 않을 용기 있는가?

꿈을 이루려 독기 품고 공부했는데 'SKY대'는 물 건너갔다. 한쪽이 닫히면 적응 가능한 또 다른 문이 열린다. 대학 졸업 후 고등학생 수학을 가르쳤고 매년 11월이면 우울했다. 수능시험 있는 달이면 이루지 못한 꿈 귀신이 목을 조여 왔다. 아이들과 함께하면서 왜 입시에 실패했는지 몸으로 배웠다. 실력과 운이 만나 원하는 대학에 간다. 실력을 통제하기 위해서는 공부 그릇을 키워야 한다. 공부 그릇을 키우는 방법은 누가 뭐래도 독서가 최고다. 어떤 꿈을 꾸든지 공부 그릇이 되어야 명실공히 대한민국에서 편하게 산다. 공부 그릇을 키운다는 목적 아래 열심히 독서교육을 했다.

아이 앞길을 터주기 위해 수단과 방법 찾기에 에너지를 쏟았다. 7세 이전에는 뭐든 통했다. 초등학교에 입학하니 아이는 엄마 생각과 반하는 결정이 많았다. 영어 학원을 갔으면 좋겠는데 NO, 피아노를 끝까지 배웠으면 좋겠는데 NO, 운동이 근력 키우기도 좋고 정신력 무장에도 좋다는데 NO, 위인전을 봐야 나중에 힘든 시기를 잘 이겨낸다는데 NO, 양질의 책을 봐야 도움이 된다는데 NO. 학년이 올라갈수록 내 뜻대로 되는 일보다 안 되는 일을 흔하게 만났다. 아이가 "NO"라고 외치는 이면에 엄마 욕심이 가득했다. 엄마가 권하는 대부분의 일은 명문대를 향하는 코스였다. 몰입 육아를 시작할 때 '최고의 하루를 사는 행복한 아이'라는 목적지를 설정했다. 목적지를 벗어나는 방향이라면 가차없이 엄마도 패스한다.

② 얼마만큼 아이를 사랑하니? 사랑한다면 귀 기울이기.

습관적으로 "사랑해, 고마워, 축복해" 다정한 목소리로 순간의 감정을 모아 전한다. 화나는 순간에도 나를 제어하기 위해 "사랑해"라고 말하는 연습을 한다. 하지만 아이를 얼마나 사랑하는지 가늠하지 못했다. 아이는 엄마 가슴 깊이 울컥 애잔한 덩어리로 자리 잡고 있다. 깜박증이 심해서 해선 안 될 말을 던지고 주워 담지 못해 사과를 반복할 뿐이다. 사랑하는데 같은 실수를 반복하는 이유는 뭘까? 이유는 경청 부족이다.

사랑한다면 관찰하고 지켜본다. 미세한 소리에도 귀를 활짝 연다. 아이를 사랑하는 만큼 들을 수 있다. 아이 소리를 듣기 위해선 입과 귀가 동시에 반응해야 한다. 귀는 듣고, 입은 "아, 그랬구나!"면 충분하다. 어설픈 질문과 방향 제시는 아이에게 잔소리가 될 뿐이다. 귀로 듣는다는 것은 말하는 양을 줄이는 것과 통한다. 경청의 척도는 말하는 양을 세어보면 안다. 하고 싶은 말 참고 아이의 소리에 귀를 여는 것이 얼마나 어려운 일인지 매일 느낀다. 목구멍까지 올라오는 말을 누르고 "그래, 그럴 수도 있겠다." 똑똑한 엄마는 배움의 깊이가 깊고 넓어 하고 싶은 말도 많다. 하지만 진짜 내공 소유자는 침묵을 사랑한다. 눈빛, 몸짓, 표정을 통해 '아우라'로 사랑을 표현한다. 아우라는 곧 경청이다.

③ 엄마는 선생님일까? 멘토일까? 친구일까?

수학을 가르치다보면 틀린 것을 지적하고 생각의 흐름을 바꾸어 가는 과정을 반복한다. 그러다 보니 아이의 행동을 어떻게 수정하고 보완할지가 찰나의 순간에 머리를 채운다. 아이를 위해서 좋은 길을 안내하고 넘어지고 일어나는 순간을 함께 배워가고 싶었다.

"엄마, 나는 책 읽으면서 어떻게 살아갈지를 고민할게. 친구들과 어울리다 보면 아프고 속상할 때도 많겠지만 그 안에서 내가 배울게. 엄마는 내가 울고 아파하고 화낼 때 그냥 안아주기만 하면 돼. 엄마가 말하는 것은 거의 들리지 않아. 엄마가 안아주고 함께 울어준 것만 기억나."

아이가 고학년이 되어 말했다.

아이가 원하는 것을 마음으로 느끼지 못한 채 '좋은 엄마'가 되기 위해 배우고 다그치며 살았다. 아마도 아이는 이 말을 오래전부터 하고 싶었을지도 모른다. 서류상의 엄마 말고 '진짜 엄마'가 되는 순간이 빨리 오길 기다렸을 것이라 짐작된다. 아이는 책과 세상을 통해 배운다. 엄마가 선생님이나 멘토가 아닐 때, 아이는 원하는 일상을 자유롭게 그린다. 직업병이고, 고치고 싶은 부분인데, 의외로 많은 엄마가 아이에게 선생님이 되고 싶어 한다. 좋은 선생님 되기가 얼마나 힘든지 아는가? 오죽했으면 소크라테스가 누군가를 가르친 적이 없다고 말했을까.

어떤 엄마가 되고 싶은지 명확해야 아이와 하는 지구별 여행이 즐거워진다. 같은 방향을 보고 나아가며 몸으로 세상을 익혀가는 동반자이면 충분하지 않을까. "나는 엄마다." 스스로 감동하고 나아지는 걸 축하하자. 어제보다 오늘 지혜로운 엄마가 되었다면 스스로 꼭 안아주자. 감동하고 안아줘야 할 때는 오직 자기 자신만이 알 수 있다.

03
누구나 사랑할 수 있다

1,000명 이상의 중·고등학생을 만났다. 사교육에 오래 노출되지 않고 자신만의 내공을 쌓아 삶을 가꾸어가는 아이들은 보석이다. 자주 눈에 띄지 않는다. 원석으로 존재하다 어느 날 누군가 막으려 해도 막을 수 없는 빛을 내며 우리 앞에 나타난다. 나의 육아철학은 아이가 자신만의 색을 갖고 어떤 장애물에도 굴하지 않고 아름다운 빛을 내는 보석으로 아이를 살게 하는 것이다. 이날을 위해 아이에게 줄 수 있는 시간과 에너지의 70%를 7세 이전에 독서와 뛰어놀기에 쏟아냈다.

해를 품은 아이는 엄마의 일관성 있는 육아철학과 아이의 눈빛을 따라가는 엄마 밑에서 자란다. 아이의 눈빛을 따라가는 일은 어렵다. 이런 말은 누구나 다 한다. 나 역시 선생 경력이 10년이지만 아이 앞에서는 자주 멍텅구리 밥통이다. 밥통은 밥을 채우면 제 역할을 한다. 실수, 수정, 보완하며 아이에게 "미안해" 말하고 "그럼에도 괜찮아" 나를 토닥이는 과정을 수십 번 반복하면 자연스럽게 밥통에 내공이 쌓인다. 엄마 롤모델을 마음에 모시면 육아가 쉬워진다. 육아철학은 한 번에 단단하게 세워지는 것이 아니니 좌절을 만나도 주눅 들지 말자.

나는 사랑받지 못했다는 생각에 아이를 이해하기 힘들었다. 상처 받은 아이를 어떤 말로 위로해야 할지 몰라 난감했다. 책을 읽으면서 나에게도 일어날 수 있는 상황이라 여겨지면 고수엄마의 멘트를 메모해서 보이는 곳곳에 붙이고 외웠다. "넘어져서 아팠구나, 엄마가 보고 싶어서 화났구나, 아이들은 그럴 수 있어." 자연스럽게 사소한 말도 나오지 않은 엄마였다.

나는 참말로 그림책 읽어주는 일이 재미없었다. 그런데도 사랑받은 만큼 줄 수 있다는 말이 틀렸음을 증명해 보려고 노력하고 견뎌냈다. 참는 시간이 쌓여 아이와 책을 즐기는 때가 왔다. 딱 10년 걸렸다. 내가 간접 경험한 육아 고수들은 10년 걸린 사람이 없다. 받은 사랑만큼 줄 수 있고, 사랑 많이 받고 자란 엄마가 여진이를 키워, 아이가 밝고 건강하다는 옆집 엄마의 평가가 종종 있었다. 근거 없는 평가에 나는 웃는다. 진짜 사랑을 아는 사람은 "사랑받은 만큼 줄 수 있다"는 말을 쓰지 않는다. 누구를 향해서든 이 말을 입에 올리는 사람은 '나는 사랑을 모르오' 인정하는 말이다. 대부분의 엄마들은 고품격 사랑을 받지 못했다. 사랑 아우라를 온몸으로 풍기며 사는 사람이 몇이나 되는가? 그러니 기 죽지 말고 사랑을 배우자.

1962년, 미국에서 재미있는 실험을 했다. 당시 정신과 레지던트였던 다니엘 오퍼와 그의 동료들은 14세 소년 73명을 모집해서 부모에 대한 느낌, 부모의 훈육방법, 가정환경, 성 정체성 등에 대해 심도 있게 인터뷰했다. 그리고 34년이 지나 48세가 되던 해에 다시 그들을 불러 모아 10대 시절을 기억하게 했다. 그 결과는 놀라웠다. 34년 전에 기록한 것과 일치되는 내용이 거의 없었기 때문이다. 대여섯 살도 아닌 10대의 일인데도 제대로 기억하고 있는 것이 거의 없었다. '찍어서' 대답하는 수준이었다. 더욱 놀라운 사실은 '정말 그런 일이 있었다'고 굳게 확신하고 있었다는 것이다. 자신의 10대가 외향적이었다고 회상하는 사람은 대부분 14세 때에는 수줍고 내성적이라고 대답했다. 또 부모와 사이가 매우 좋았다고 기억하는 사람도 10대에는 부모와 갈등이 많다고 대답했다.

지금 '사실'이라고 믿고 있는 기억 중 대부분은 '진정한 사실'이 아닐 가능성이 높다. 인간은 현재를 중심으로 과거를 재구성해서 기억하는 능력이 있다. 인간의 뇌는 남겨놓고 싶은 것만 구미에 맞게 제멋대로 저장하기 때문이다. 나와 네가 사랑 받았는지 못 받았는지는 중요하지 않다. 아이와 함께 성장하려면 모두 배워야 한다. 재미난 위의 실험처럼 우리 기억이 왜곡을 일으켜 지금의 나를 성장 못하게 방해하고 있을 뿐이다. 사랑받지 못한 기억이 아이와 함께 행복해지는 법을 찾도록 이끌었다. 기억을 있는 그대로 볼 줄 아는 사람은 기억이 왜곡되는 순간이 있을 수 있다는 것을 받아들인다. 또 과거를 재해석하고 오늘을 산다. 현재 나의 상황을 인정하고 벗어나고 싶은 절실함이 가득한 엄마만이 아이를 사랑할 수 있다. 누구나 사랑할 수 있다. 다만 주는 사랑은 아무나 하지 않는다.

04
때를 알고 내리는 비

여진이는 차 타고 15분 거리, 전교생이 100명 남짓 작은 시골 초
등학교에 입학했다. 천연 잔디가 깔린 운동장, 2층 건물, 아담한 텃
밭, 작은 호수, 오래된 느티나무, 매일 좋은 환경을 만들기 위해 고
생하는 선생님이 계신 좋은 조건이다. 매일 차로 등하교만 시켜주
면 사교육 없이도 충분히 초등 생활을 할 수 있는 곳이다. 입학 3개
월 후 고사리 아이 손을 잡았는데 거칠었다. 용쓰며 논다고 손바닥
에 동글동글 곳곳에 굳은살이 생겼다. 쉬는 시간이면 운동장을 누
비며 뛰어다녔다. '시골 초등학교 입학은 탁월한 결정이야' 의기양
양했다. 마냥 즐거운 날만 가득할 듯했으나 사는 것은 항시 그렇지
않다. 하나가 해결되면 다른 문제가 보이고 이것이 좋으면 저것이
갖고 싶어 조바심으로 욕심은 늘어간다.

아이는 학교가 즐겁고 재미난 곳이었는데 어느 날부터 밤마다
학교 가기 싫다고 울기 시작했다. 아이는 친구 관계가 힘들다고 도

와 달라고 했다. 차가운 바람이 불던 12월 교실에 들어가지 못하고 한참을 무거운 걸음을 옮기며 학교 건물을 배회했다. 견뎌야 하는 시간도 있다. 아이를 인정하는 부모와 자라서 친구들과 트러블이 낯설었다. 외동이라 상대적으로 트러블에 노출될 일이 드물었다. 아이가 사회성을 배워야 할 시기고, 방어하는 법을 몸으로 부딪치면서 배워야 할 기간이라 여겼다. 지켜보는 엄마도 아파서 차라리 집에서 키우다 강해지면 사람들과 어울리게 하고 싶었다. 아이에게 모든 걸 주고 싶은데 무엇을 줘야 맞는지 아무도 속 시원히 정답을 주지 않았다. 엄마와 함께하는 시간만큼은 아이에게 스트레스 주지 않으려고, 웃게 하려고 유머러스하게 행동했다. '사회성' 틀에 갇혀 지독하게 흐르지 않던 시간도 결국은 쏜살같이 달아난다. 2학년 3월말 요란하게 전화벨이 울렸다.

"어머니, 수업시간에 자해했어요. 친구들과 트러블이 잠시 있었는데 자신의 이야기를 친구가 들어주지 않자. 왼손으로 오른손등을 할퀴다 군데군데 피 났어요. 집에 혹시 무슨 일 있나요? 혹시 학교에서 친구들 사이에 문제 있었나요? 여진이가 자신의 손등에 상처를 낼 정도로 심각한 상황이 아니었어요. 이야기로 잘 풀 수 있는데 아이가 한두 번 말하다 자신에게 상처 내는 모습을 보니 친구들과 소통이 안 되어 그런 것 같습니다. 한 달 동안 지켜보니 호기심 많고 발표도 잘하고 부드럽고 예의도 바른 아이입니다. 타인을 향해서 말해야 하는 화를 속으로 삭히는 아이들은 주의해서 지켜봐야 합니다."

3개의 분노 흔적이 오랫동안 남았고 아이의 상처를 볼 때면 엄마 마음은 아려왔다. 여진이는 친구 때문에 힘들지만, 친구의 행동이나 사건을 일일이 말하지 않았다. 엄마는 내 말을 믿고 나를 도와달라는 메시지만 남겼다. 답답했다. 아이에게 직접 듣고 싶었는데 나는 주변을 통해 듣고 추측해야 했다.

왜 자세히 말하지 않는지 나중에 알았다. 친구의 나쁜 행동이나 말을 전달하는 것은 고자질이나 험담으로 여겼다. 사이좋게 친구와 관계맺는 법이 그림책을 통해 깊이 뿌리 내리고 있었다. 다만 뜻대로 되지 않으니 자신을 지키기 위해 선생님과 엄마에게 여러 번 도움을 요청했다. '사람'을 이해하지 못했다. 그림책에서 배운 대로 일상에 적용하니 애매한 구석이 많았다. 친구는 다정히 상대의 말을 들어야 하고, 남의 물건에 손댈 때는 양해를 구해야 하며, 내 것이 귀하면 타인의 것도 지켜줘야 한다는 사람의 도리를 지키는 아이였다. 자신이 옳다고 믿는 대로 행동해야 하는데 학교에서 만난 친구들은 책 속의 친구들과 달랐다. 책과 현실의 다른 모습을 보면서 혼란스러웠다.

전학시키라는 조언이 많았지만, 그 말을 듣지 않았다. 작은 동네에서 살기에 아이가 학교에서 적응 못하고 전학왔다는 소문이 사방으로 퍼질 것을 두려워했다. 실패했다는 꼬리표를 달아주고 싶지 않았다. 타이밍을 이용하면 조금은 아이에게 이롭지 않을까 혼자 판단했다. 하지만 이면에 다른 것이 있었다. 아이와 당당하게 남의 시선을 극복하고 살아갈 힘이 부족했다. 아이의 하루 행복보다 남들 시선으로 내가 불행해지는 것이 두려웠다. 전학을 결정했을 때 나의 실패를 있는 그대로 볼 줄 아는 힘이 생겼다. 3학년 1학기를 마치고 우린 이사하면서 집 앞 학교로 옮겼다. 사회성이 부족한 아이라서 견디며 배워야 한다는 명목으로 아이를 방치했다는 생각이 들었다. 여전히 아이는 친구들과 부딪치면서 사는 방법을 익히고 있다. 그런데도 이전 학교보다 즐거운 날이 많다.

여진이는 유치원 졸업식 때 친구들이 이별을 아쉬워하며 눈물 흘릴 때 울지 않았다. 졸업을 이별보다 새 친구를 만나 새 무대에서 경험 쌓아갈 성장으로 여겼고 축하의 의미로 받아들였다. 혼자 자란 아이이지만, 독립심이 강하여 낯선 곳에서 즐거움을 찾는 아이였다. 작은 곳에서 같은 친구들과 6년을 지내며 깊은 우정을 쌓아갈 수 있는 환경보다 새로움을 즐기는 아이였다. 낯선 환경에 두려움 가득하여 한 발짝 내딛기도 힘든 내가 아닌데, 딸이라는 이유로 내 관점과 시선으로 아이를 통제했다. 아이를 관찰하고 세세하게 챙기면서 아이를 위한다고 행동한 것들이 어쩌면 내 욕심을 채우는 통로로 이용되었다. 실패를 두려워하는 엄마는 작은 실패를 통해 아이가 배워가는 큰 가치를 무참히 짓밟았다. 그것을 '사랑'으로 착각하면서.

아이에게 주고 싶은 것은 '사랑'이다. 사랑은 아이를 있는 그대로 보며 원하는 것을 제 때에 줄 수 있어야 한다. 호우시절好雨時節. 내가 주고 싶은 사랑을 담은 말이다. 좋은 비는 때를 알고 내린다는 의미다. 때를 안다는 타이밍이 중요하다는 말로 이해한다. 그러나 타이밍에 앞서 물어야 할 것이 있다. 아이가 필요로 할 때 주는 타이밍이어야 한다. 아이가 필요로 할 때 아이의 절박함을 먼저 경청하자. 원치 않는 타이밍은 상처를 남긴다. 시절을 아는 좋은 비는 필요로 할 때 가장 적절할 때에 베풀면서 티 내지 않는다. 엄마의 사랑을 받은 아이는 감사하지 않을 수도 있다. 그러나 강한 생명력을 일으켜 타인과 나누는 삶으로 꽃을 피울 것이다. 비라고 해서 다 같은 비가 아니다. 시절을 아는 좋은 비는 아이 마음속에 봄비처럼 스며들어 꽃피워낸다. 아무런 대가와 자랑도 없이 말이다. 엄마의 상처를 조금만 내려놓으면 아이는 자유로운 영혼으로 자란다. 호우시절好雨時節을 실천하는 엄마가 함께 되어보자. 아이와 울고 싸우면서 배운 호우시절 감각은 아이를 넘어 사회를 이해하는 과정으로 확장된다. 아이와 함께 존중을 배운 엄마는 일도 잘한다. 사회가 인정하는 시간이 분명 온다.

05
내 몸과 삶을 믿을 때
아이는 엄마를 선택한다

자식의 미래를 예측하는 일은 어렵다. 그 어려운 일을 부모는 자주 예측하려 한다. 당연하다는 듯이 현재 상황에 맞추어 아이의 미래를 점친다. 매시간 사회가 변하고 있는데 부모의 경험을 바탕으로 아이 교육에 열중한다. 공부를 잘해야 미래 사회에 도태되지 않을 것이라 짐작하고 사교육에 시간과 에너지를 온전히 쏟다. 학업 성적이 떨어지면 마땅한 직업조차 갖지 못할 것이라 확신한다. 과연 부모가 생각하는 미래가 정확할까? 아이의 미래에 대한 예측이 정확한 근거를 바탕에 둔 것이라면 그나마 다행이다. 하지만 사교육비가 하늘을 찌르는 주변을 돌아보면 이도저도 아닌 느낌이 많이 든다. 아이의 미래를 점치며 이끄는 삶이 아니라, 불투명한 미래를 개척할 힘을 함께 키워야 하지 않을까.

미래를 개척할 힘은 아이 안에 존재한다. 아이 스스로 원하는 것을 찾고, 그 꿈을 이루기 위한 기본 바탕을 갖추면 미래에 어떤 예기치 않은 상황이 닥쳐도 이를 극복하고 결국엔 성공과 행복에 이른다. 아이의 꿈을 이루는 기본 바탕은 어떻게 만들 수 있을까? 먼저 엄마가 자신의 몸과 삶을 믿고 아이가 미래를 개척하는 과정에 쉴 언덕이 되어야 한다.

나의 경우를 예로 들자면, 친정엄마가 삶에 지쳐 돌파구를 찾지 못할 때 외할머니와 외할아버지를 찾았다. 그러나 힘들지만 참고 견디다 보면 좋은 일이 있을 것이라고 엄마의 생각을 받아들이지 않았다. 엄마는 전후 사정을 정확하게 털어놓지 못했고, 어른들은 평범한 기준에 따라 여자의 희생을 강요했다. 결국 예기치 못한 일이 운명처럼 일어났고, 우리 가족은 20년 동안 엄마의 안전을 확인 못한 채 시간을 보냈다. 만약이란 없다. 엄마가 있는 그대로 자신의 상황을 나누고 외할머니는 섬세히 딸의 일상을 살핀 후 조언했다면 지금보다 나은 20년의 시간을 우리가 만들지 않았을까? 나, 엄마, 외할머니 3대 모녀는 처절한 후회와 아쉬움을 가슴에 담고 산다.

기쁘고 좋은 것을 나눌 사람은 많다. 가장 아프고 지쳐 쓰러졌을 때 바닥을 드러낼 수 있는 곳이 엄마이면 얼마나 좋을까. 아이가 아픈 곳을 있는 그대로 보여줄 수 있으려면 엄마는 누구보다 강하고 부드러워야 한다. 아이가 살아갈 미래 사회는 부모의 예측으로 결정할 만큼 단순하지 않다. 불투명한 미래에 무한한 아이의 가능성이 부모의 잘못된 판단으로 꽃 피지 못하는 순간이 줄면 좋겠다. 아이 안에 있는 힘을 끌어내기 위해서는 엄마 스스로 만들어가는 삶을 긍정하면 된다. 아이의 미래를 예측하기보다 먼저 자신의 미래를 끌리는 대로 살아보자.

몸과 마음이 건강한 엄마의 미래는 어떻게 만들 수 있을까? 전 교육부 장교 문용린 교수의 《부모가 아이에게 물려주어야 할 최고의 유산》을 통해 지혜를 빌려본다. 스스로 노력하는 삶이 최고의 인생이다. 아이가 왜 공부를 못한다고 생각하는가. 머리가 나빠서, 습관이 안 들어서, 노는 것만 좋아해서 등 많은 이유를 대겠지만 그것은 어디까지나 부모의 생각이다. 아이가 공부를 못하는 이유는 단 하나, 공부를 해야 할 동기를 찾지 못해서다. 꿈을 이루겠다는 목적이 분명한 아이는 시키지 않아도 스스로 공부한다. 엄마가 이루고자 하는 꿈을 이루면 아이는 자연스럽게 스스로 노력하는 삶을 배운다.

엄마로서 인생을 대하는 자신감을 한가득 충전하고 살아갈 때 아이는 가장 힘든 순간에 엄마를 선택한다. 작은 손길로 다시 일어날 용기를 얻는다. 아이가 원할 때 아낌없이 품어 주는 언덕이 되자. 모든 엄마의 소망이지만, 아무나 이룰 수 없음은 주변을 보면 알 것이다. 아이가 어릴 적에 엄마를 찾는 것은 당연한 일이다. 엄마보다 절대적인 권위를 가진 사람은 세상에 없다. 아이가 엄마를 진짜 사랑해서 찾는 순간은 성장하여 경제적, 정신적 독립을 이루었을 때, 엄마 찾는 때를 말한다. 매일 '사랑해' 매달리는 아이를 보면서 엄마는 안도의 한숨을 쉰다. 30년 후 안도가 근심과 염려의 한숨으로 바뀌지 않도록 하자.

행복한 인생을 위해 가장 필요한 것은 재능이 아니라 절실함이다. 어떤 일을 시도할 때 재미있으면 지속력을 발휘하고 얻고 싶은 것이 보여 절실함이 생긴다. 절실함은 행동요령을 발견하는 원동력이다. 어떻게 살아갈지 고민하는 시간보다 중요한 것은 5분 뒤 내가 어떤 행동을 하는지가 더욱 중요하다. 늘 변화를 꿈꾸되 지금 이 순간 내가 무엇을 하는지 관찰하며 행동하자.

엄마의 자존감은 자기 통찰력을 바탕으로 자리 잡았을 때 비로소 제 역할을 한다. 자기 통찰력의 핵심은 '나 자신을 가감 없이 제대로 파악하는 것'이다. 자기 통찰력으로 스스로 노력하며 최고의 하루를 살고 있을 때 아이는 내게 와 편히 쉰다. 엄마가 먼저 미래를 개척하는 힘을 일상에서 발휘할 때 아이는 엄마의 넓은 품을 본다. 자신에 대해 깊이 생각하고 반성하며 스스로의 참모습을 발견할 때 비로소 위기의 순간에 무너지지 않고 아이와 엄마는 함께 바로 설 수 있다.

06
아이는 세상의 아름다움을
보여 주러 엄마에게 온다

선생님의 역할은 무엇일까?

소개팅과 선생님을 비교해 보자. 친구에게 이성을 소개받았다. 어떤 사람인지 사전 정보가 서로에게 전달된다. 어느 정도 오케이 사인이 있으면 만남이 이루어진다. 어색하니 시작은 주선자와 함께하지만, 두 사람이 호감을 느낀다고 생각하는 적절한 때 주선자는 빠져 주는 것이 예의다. 상대가 마음에 안 들면 쭉 함께 있다가 빨리 자리가 마무리되길 주선자는 도와야 한다. 느낌이 좋은 경우는 적당한 때에 주선자가 빠져줘야 하는 센스가 필요하거만, 간혹 두 사람의 호감이 느껴질 때면 주선자도 같이 놀고 싶어하는 경우를 볼 수 있다. 이유는 뭘까? 칭찬이 듣고 싶어서다. 좋은 사람을 소개했다고 자신의 몫을 인정받고 싶어서 엉덩이가 무거워진다. 사람은 치고 빠지는 것에 능숙해야 어디서나 대접받는다. 적당한 때를 알고 밀고 당기기를 잘하는 사람은 보통 자존감이 뛰어나다. 자신의 능력을 넘치게 쏟지 않고도 상대의 마음에 자연스럽게 좋은 사람으로 남는다. 소개팅이 잘되어 두 사람이 사랑에 빠지면 소개자의 이름은 오랫동안 매력 있는 사람으로 남는다.

내가 그려가는 선생님의 모습 역시 매혹적인 소개자라고 생각한다. 선생님은 자존감이 탄탄한 소개자가 좋다. 문제 해결력을 직접 가르치면서, 아이들에게 설명하고 주입하면서 자신의 스타일에 딱 맞게 길들이는 선생님은 별로다. 수학의 즐거움을 소개하고, 스스로 사랑에 빠질 수 있도록 환경만 마련하고 기다려야 한다.

"내가 모르는데 선생님이 자꾸 혼자 생각해 보라고 말해. 그냥 가르쳐 주면 될 텐데. 질문이 많아." 수업하는 아이의 불평이 부모를 통해 들어왔다. 부모가 아이들의 입을 통해 전하는 메시지 이면에는 '성적이 먼저다'가 짙게 깔려 있다. 내가 그랬던 것처럼 보통의 엄마들도 성적으로 평가받는 일상을 오래 살았기에 아이에게 그런 모습을 물려주기 싫지만 어쩔 수 없다는 사고가 있다. 일단은 앞자리에 서고 보자는 어설픈 신념이 나중에는 아이를 아프게 한다. 조금만 생각하면 충분히 해결할 수 있는 질문들도 아이는 생각 자체를 싫어한다. 다른 선생님은 전부 설명하고, 설명하고, 웃으면서 또 설명하는데 안 가르쳐준다는 말로 '퉁' 친다.

유튜브 동영상을 보면 문제풀이가 많다. 듣고, 또 듣고 수십 번 들을 수 있는 환경이 3초면 어디서나 쉽게 접할 수 있다. 개념을 이해하고 그 속에서 질문을 찾아내고 단원과 단원을 연결하는 고리 속에 '수학, 해볼 만하네' 자주 맛봐야 수학이 삶에 도움이 된다. 질문보다는 설명 수업에 익숙한 부모나 아이는 '배움'에 관하여 깊이 생각해 볼 필요가 있다. 그동안 해온 과정을 버리고 낯선 영역에 들어서는 것은 두려움과 혼란이 많다. 단시간에 해결되지 않는다. 기다리는 법을 배워야 주변에서 좋은 스승, 아이에게 도움 가득 되는 멋진 인연을 만난다.

나는 좋은 선생님에 관한 철학을 세우는 과정에서 넘어지고 일어나길 반복하는 오뚜기였다. 아이들 가르치는 일에 시행착오를 겪었다. 나다움을 찾는데 오랜 시간이 걸렸다. 하물며 세상에 단 하나뿐인 아이와 살아가는 법을 터득하는 일이 어려운 것은 어쩌면 당연하다. 다행인 것은 아이와 지지고, 볶고, 싸우고, 울고, 안고 하는 과정은 수학수업보다 흥미롭다. 아이러니하게 아이 키우는 과정은 아름답지만 아름답지 않다.

"너는 가치 있다. 너는 소중해!" 만날 입이 마르고 닳도록 말하지만 말뿐이고 행동으로 옮겨지지 않아 가슴이 미어진다. 반성만 하는 찌질한 모습에 지쳐서 도망치고 싶은 순간이 얼마나 많은가? 아이와 소통이 되려면 자신과 소통에 능한 사람이 되어야 한다. 통증 치료를 도와주신 선생님이 말씀하셨다. 통通하지 않으면 통痛이 온다고. 의학뿐만 아니라 우리 삶에서도 마찬가지다. 소통疏通 되지 않으면 고통苦痛이 오기 마련이다.

일은 완벽주의 덕분에 성과를 냈지만, 마음이 통해야 하는 관계
는 어려웠다. 사람들과 관계를 이분법으로 정리하며 살았다. 마음
에 들면 만나고, 마음에 들지 않으면 끊어버렸다. '돈'과 관련된 인
연이라면 이해타산이 있기에 가면이 필요했지만, 마음을 나눌 사
이까지 불편하고 복잡하니 관리하지 않았다. 수강생이 왔을 때 끊
을 수도 없고, 반드시 이어갈 인연이기에 원활한 소통을 위해 공부
한다. 학생과 소통하는 기술이 늘수록 인연 맺는 한 사람에게 마음
을 전하는 일이 편해졌다. 끊을 수 없는 내 아이와 소통이 원활하
다면 어떻게 될까? 돈보다 큰 행복 그 자체다.

사람과 사람, 학생과 선생님, 아이와 엄마의 좋은 역할을 감당하
려면 자존감이 강한 소개팅 주선자가 되면 된다. 있을 자리와 빠질
자리를 구분하고, 아름다운 것을 소개하는 사람이면 충분하다. 다
음 행동이나 요령, 사랑하는 법은 상대가 스스로 배울 수 있게 빠
져 주는 센스가 필요하다. 상대의 마음에 따뜻한 사람으로 남기 위
해서는 설명하고, 지시하고, 가르치는 태도가 아닌 보여주는 명품
태도를 품으면 된다.

여진이는 엄마가 말 많은 걸 싫어한다. 조심하지만 한 개라도 더
알려주고 싶어 입이 근질거린다. 내 말에 귀 기울이던 아이가 이제
는 "내가 알아서 할게. 나를 믿어봐." 말하는 6학년이 되었다. 내
가 만난 세상은 사랑보다 돈이 지배하는 공간이었다. 잔잔한 사랑

이 곳곳에 숨어 있지만, 그곳에 눈 돌릴 여유가 없었다. 작은 사랑에 눈 돌려 더 큰 화를 입을까 노심초사 안절부절 불안감을 키웠다. 두려움에 눌려 통하지 않으니 내 몸의 가장 약한 곳에서 치명적인 고통苦痛이 왔다.

　아이를 만나 직업 소명이 바뀌고 내면의 울림을 듣는 엄마가 되었다. 세상이 아름다운 곳이라 내게 속삭이는 초코 천사가 곁에 있어 천사의 음성이 들린다. 세상의 목소리에 귀를 쫑긋 세우면 악마의 목소리가 더 많이 들릴지도 모른다. 물론 함께하다 보면 콩만한 아이가 악당처럼 보이는 순간도 있다. 악당이 천사로 보이는 순간을 많이 찾는 엄마가 세상을 아름답게 볼 것이다.

도망치고 싶을 때
방황해도 괜찮아

독이 되는 부모가 있다. 익히 아는 것과 달라 혼란스러운데 이야기를 꺼내면 나쁜 사람이 되었다. 남들도 나처럼 알고 있었으니까. "부모를 공경하라." 묻지도 따지지도 말고 따르라, 그래야 사람이다. "모두가 아프고 힘들게 살았어. 그러니 이제 내려놓아. 자꾸 나쁜 기억을 떠올려봐야 좋은 것 하나도 없어. 시간은 흘러가는 것, 네가 마음을 바꾸면 얼마든지 웃을 수 있는데 우울한 생각을 왜 하니?" 다그쳤다. 위로와 도움을 주고 싶어 하는 말인데 전혀 도움이 되지 않았다.

한없이 아버지를 미워했다. 전화 받기 싫은 날은 받지 않았다. 미움이 가득하여 멀리 떨어져 있어도 세상은 잘 돌아간다. 기억 저편에 묻어두고 화병이 터져 어느 날 사랑하는 사람을 힘들게 하느니 미움이 가득할 때는 잠깐 방황해도 된다. 누군가로부터 도망치고 싶은 순간이 있다. 그때는 주변을 돌아보지 말고 경주마처럼 숨을 곳을 찾자. 숨어서 나를 돌아보면 상처받아 아파하던 나를 스스로 토닥이면 위로를 찾는 순간이 온다. 나를 사랑하는 것은 긍정의 힘으로 미움을 회피하고 덮는 것이 아니다. 미움 안에 풍덩 빠져 방황해야 도망가고 싶었던 것들을 정면으로 마주하고 인정하게 된다. 아버지를 미워하는 나를 인정한다. 감정 기복을 관찰하면 예상치 못한 다른 길이 보인다.

성장기에 성 정체성이 분명한 색깔이나 장남감 외모 꾸미기에 집중투자하는 것이 아이에게 크게 도움 되지 않는다. 그럼에도 가끔은 치마, 원피스, 파마, 머리핀, 구두 등 작은 것을 예쁘게 차려입은 딸을 보며 아이는 잠깐 불편할지 몰라도 흐뭇함을 느끼고 싶었는데 거의 허락되지 않았다. 입학하자 단정하게 보이는 청바지나 면바지를 입으라 하면

"편안한 옷이 좋다고 내 마음대로 골라 입게 둘 수 없어. 엄마 미워 너무 미워."

나름 아이를 위해 산다는 자부심 있는 엄마이거늘, 엄마를 미워했다. 까탈도 적당히 부려야 받아주지. 정도가 심했다. 눈 오는 겨울은 좋아하지만, 겨울을 즐기는 아이는 아니었다. 겨울이 되면 무거운 옷을 많이 입어 불편해서 싫었고 두꺼운 바지는 보는 것도 불편했다. 겨울에도 슬리퍼에 여름바지를 입고 다니려 했다. 지켜보면 화도 나고 몹시 불편해 보였다. 주변에서 어른들이 보고는 "병

원 가 봐"라며 훈수까지 뒀다.

몸에 닿는 촉감 때문에 예민해서 다른 곳에 집중 못 하는 아이들이 있다. 소아정신과 서천석 교수는 《아이와 함께 자라는 부모》에서 언급했다. 저자의 아이 중에도 옷에 민감한 반응을 보이는 아이가 있고 성장 중에 겪는 일이기에 걱정할 일이 아니라 조언했다. 다만 직접 당하는 엄마는 참기 힘들다. 아이만 편안하다면 살짝 눈 감아 줄 수도 있는 문제다. 타인의 시선에 영향 많이 받는 엄마는 무신경한 엄마로 오해를 사니 피하고 싶었다.

"엄마 정말 미워. 편안하고 좋다는데 받아들이지 못하는 엄마는 이기적이야. 내가 행복하다는데 남들 눈이 중요해? 내가 중요해?"

아이가 할 말을 다하는 이때에 이상하게도, 엄마인 나와 딸이 좋은 관계를 유지하고 있다는 생각에 감사 눈물이 쏟아졌다. 미움을 표현할 수 있다는 것은 엄마를 믿기에 가능한 일이다. 미움이 가득할 때 상대의 권위에 눌리면 표현하기보다 회피를 택한다. 나는 아버지의 권위가 무서워 오랫동안 할 말을 못했다. 미움과 분노가 표출되어 타인에게 해를 입히는 것도 문제지만 결국 잘 다스리지 못하면 자기를 파괴한다. 미워하는 일은 에너지 소모가 크다.

불쾌감을 준 이미지를 몰아내기 위해 몸은 포도당 일부를 아드레날린 생산으로 돌린다. 그전까지는 몽땅 엔도르핀(즐겁게 웃을 때 몸에서 나오는 호르몬)을 생산하는데 썼던 포도당이 줄어드니, 당연히 그만큼 불행하다. 미움은 오래 가슴에 담아두면 큰 피해를 준다.

미움의 크기는 쉽게 줄지 않는다. 그럼 방법이 없을까? 마음 그릇을 키우면 된다. 한 스푼의 소금이 있다. 물 한 컵과 욕조 가득 채운 물 중 어디에 소금 한스푼을 넣으면 짠맛이 느껴질까? 당연히 물 한 컵이다. 미움이 소금이라면 마음의 사이즈를 컵에서 욕조로 바꾸면 된다. 책을 읽으면 어느 순간 마음이 커진다.

2009년 영국 서섹스 대학 인지 신경심리학 전공 데이비드 루이스 박사팀이 '독서와 스트레스'의 관련성에 대해서 연구했다. 스트레스를 줄여주고 해소할 수 있는 활동에 대해 찾아봤다. 독서, 산책, 음악감상, 비디오 게임 등의 여러 활동 중에서 독서가 스트레스를 낮추는 1위 활동을 차지했다. 단 6분 정도가 지나면 글자를 눈으로 읽으면서 글의 내용을 받아들이고 나의 뇌와 근육의 상태는 심장 박동수를 낮추고 근육 긴장을 풀어지게 한다는 것을 과학적으로 증명했다. 미움이 가득할 때는 360초만 책으로 도망치자.

미움이 가득하여 아버지로부터 도망쳐 책과 함께 방황하다 보니 아이의 미움을 인정하게 되었다. 엄마를 미워할 수도 있고, 시간이 지나면 사랑이 싹트기도 한다. 내 미움을 인정하니 나를 싫어하는 사람도 그럴 수 있다고 이해되었다. 미움과 분노를 정면으로 마주하며 인정해야 좋은 관계를 맺는다. 사람은 웃고, 좋은 이야기만 하며 살면 좋겠지만, 때로는 의도치 않게 상처를 남긴다. 미움을 이야기한다는 것은 사랑의 반대가 아닌 상대에게 탄탄한 신뢰가 있을 때 가능하다.

　잠든 미움을 깨우면 혼란스럽고 긴 방황이 시작될지도 모른다. 엄마에게 필요한 과정이다. 내 마음의 감정 읽기 선수가 되어야 아이 감정에 유연하게 반응하며 삶의 불친절을 만났을 때 조금은 덜 무섭다. 방황이나 슬럼프는 아무에게나 주어지는 기회가 아니다. 잘해보려고 애쓰는 순간이 쌓여 다음 성장의 문을 열기 직전에 온다. 성장 직전까지 노력하며 달려와야 주어지는 마지막 관문일지도 모른다. 힘들고 지칠 때는 도망가자. 방황하자. 잠시 숨어있다고 세상은 엄마를 외면하지 않는다.

제 2 장

사랑이
채워지는
관계

01
어떤^{WHAT} 울타리를
어떻게^{HOW} 만들 것인가?

보유중인 영어책 중 300권을 읽으면 고슴도치 입양을 허락하기로 했다. 영어책이라면 무조건 "싫어." 거부하기 바빴는데 목표가 생기니 읽었다. 간혹 한 권 읽는데 많은 시간이 소모되어 300권을 언제 다 읽을까. 엄마는 "진짜 너무해." 불만을 쏟았다. 영어그림책 300권 읽기가 목표였지 별다른 기준과 확인은 없다. 소리 내어 집안에서 읽기만 하면 1권으로 인정했다. 빨리 읽을 수 있는 비법은 있으나 일부러 말하지 않았다. 쉬운 짧은 책을 읽거나, 중복해서 읽어도 인정해 줄 계약이었다. 어떤 책이어도 좋다는 의미다. 쉬운 책을 본다면 짧은 말에 익숙해질 것이고, 글 밥이 많은 책을 본다면 스토리에 빠지는 계기가 될 것이다. 만약에 글 밥이 많은 책으로 300권을 채우지 못해 포기하게 된다면, 고슴도치 입양하는 다른 방법을 생각하길 기대했다.

어떤 일이든 쉽게 하려고 생각하다 보면 방법이 보인다. 인생에 도움이 되는 것들을 얻었다. 아이는 고슴도치를 마트에서 데려오는 것이 아니라 유기동물 보호 센터에서 입양하고 싶어 했다. 마트에서 사람들이 동물을 사지 않으면 팔기 위해 동물 학대하는 일이 줄어들 것이며, 유기동물을 입양하고 보호하면 외로운 아이들에게 따뜻한 마음을 전할 수 있어 일석이조라고 했다.

여진이는 돈이 얼마 되지 않아 카페 〈중고나라〉에서 고슴도치 용품을 모두 구했다. 책과 인터넷을 통해 자신이 원하는 일에 필요한 정보를 구했고 키우는 과정까지 익혔다. 고슴도치가 집에 온 날부터 여진이는 육아서를 읽기 시작했다. 똥냄새가 온 집을 덮었고 나는 머리가 아픈데, 사랑의 힘으로 아이는 똥냄새를 느끼지 못했다.

"엄마, 내 똥 보면서 건강하게 황금 똥 쌌구나. 감동한 적 있다고 했지? 나도 미르 똥 보면 잘 먹고 잘 자고 잘 싸고 있구나. 기특하고 행복해."

매일 고슴도치 미르가 똥 싼 이불을 손빨래하고 집 청소하고 등교했다. 미르는 100미터 우리에서 아침이면 곳곳에 영역표시를 과하게 하여 치우지 않으면 함께하는 가족이 힘들었다. 아이는 평소에 흘리지 않던 코피까지 쏟았다. "엄마, 나를 이렇게 키웠지?" 육아서 읽는 5학년 딸은 자신을 11년을 키워준 엄마보다 아름다웠다.

20년 동안 엄마가 보고 싶을 때 "엄마"라고 부를 수 없는 세상을 원망했다. 육아 초기에 부모와 나의 인연을 인정하는 것이 힘들었다. 무엇을 그리 잘못하고 살았다고 '부모복' 없을까. 함께하는 인연이 있고, 함께 못하는 인연도 있는데 말이지. 사는 것은 원인과 결과가 분명한 일보다 아이러니하고 복잡한 것들이 더 많다. 눈앞에서 표현되는 사랑이 있는가 하면 보이지 않는 사랑이 있다. 옛날 분(?)들은 사랑을 꼭꼭 숨겨둔다. 하나씩 찾는 재미도 쏠쏠한데 어리석었다.

프리드리히 니체에 의하면 늘 기분 좋게 살아가는 요령은 타인을 돕거나 누군가의 힘이 되어주는 것이라 한다. 주민등록증이 발급되는 순간부터 따뜻한 울타리가 있거나 없거나 나만의 울타리를 만들어 타인을 돕는 일에 집중하면 된다. 가장 불쌍한 사람이 나라 여긴 적이 있다. "나에겐 왜 울타리가 없을까?" 불쌍한 내가 웃으며 살아간다면 분명 힘든 사람을 두 번 웃게 할 것이다. 내가 꿈을 이루면 타인을 달리게 하는 에너지를 뿌릴 수 있다. 엄마가 되고도 울타리 타령한 이유는 힘드니까, 불안하니까, 좀 쉽게 가려고 악어의 눈물 흘렸다.

넘어지고 일어나는 과정을 견고히 밟지 않은 어린 어른은 울타리 타령하며 위로하고 서로 동정한다. 아이 낳기 전에 독립을 제대로 이루지 못했다면, 엄마가 된 순간, 어른이 아니라 여겨지는 순간부터 신속하고 빠르게 움직여 늘 기분좋게 살면 좋겠다. '어떤 WHAT 울타리를 어떻게HOW 만들지' 질문하고 답을 스스로 구하자.

펑펑 쏟아봐서 악어의 눈물 흘리는 엄마의 특징을 찾았다.

"우리 아이가 초등학교 때 공부를 잘했는데 요즘은 공부를 안 해요." 자식 흉본다.

"초등학교 입학하니 엄마가 해야 할 일이 너무 많다. 숙제가 정말 어려워. 어떻게 했어?"

육아 때문에 내 인생 꼼짝달싹 못 하는 줄 안다.

"학원을 옮겨봐? 지금 시기에는 이 정도는 해야 해. 소문난 학원에 ○○도 다닌데."

옆집 아이에 관해 모르는 것이 없다.

"나만큼만 해봐. 남편 때문에 책 육아가 안 된다."

좋은 엄마, 좋은 아내라 착각하고 산다. 밖에서는 세상에 없는 친절한 여자였으나 집에 오면 아프다. 자신에게 질문을 던지지 못하는 엄마는 자신을 위한 시간이 없어 자신과 아이에게 도움 되는 길은 찾지 못한다.

악어의 눈물을 흘리는 엄마가 아니라고 생각하는 어머니! 당신이 가장 많은 눈물을 흘리는 중일 것이다. 나 역시 악어의 눈물 흘리는 엄마가 아닌 줄 알고 오래 당당하게 지냈다.

02
아름다운 엄마로
살아남기

유모차 부대에 합류하면 덜 심심하겠지만, 아이는 엄마의 비교 본능에 압사할지도 모른다. 아이 눈빛을 따라가려고 선택한 고독한 육아의 길. 하지만 사람 속에서 즐거움을 나누고 사는 것이 행복이라고 착각하고 살아서 외롭고 쓸쓸했다. 별스럽게도 추억이 많지 않은 첫사랑이 자주 생각났다. 외로워도 유모차 부대에 끼지 않은 것은 불행 베틀이 힘드니까. 외로움을 회피하기 위해 군중 속으로 꾸역꾸역 몸을 맡기면 아이와 엄마는 어떤 곳으로 흘러갈지 모른다. 아는 것을 실천하고 몸이 익숙해지는 동안 혼란에 외로웠을 뿐이다. 몸이 익숙해지면 평온이 찾아온다.

2시간 남짓 걸었더니 출출하고, 피곤은 쏟아지고, 아이를 위해 시작한 일이지만 에너지가 바닥을 보였다. 저녁 준비 전에 군만두를 간식으로 주려고 알렸다. 아이가 입맛에 맞는 음식 챙겨주면 '애

교덩이'로 변했다. 아이 머리가 들어가도 남을 만두 봉지에 딱 5개 남았다. 밥통과 냉장고는 텅 비었고, 할 일은 태산이다. 큰 프라이 팬에 만두를 노릇노릇 구웠다. 만두 접시를 들고 아이는 그림책 읽으며 먹으려고 거실로 향했다. 이성이 있는 어른이라면 여기서 끝나야 했다. 엄마의 배려에 "감사합니다" 했고, 열심히 놀았으니 책으로 휴식하는 어디 하나 나무랄 곳이 없는 예쁜 딸이었다. 하지만 현실은 전혀 아름답지 않았다.

"엄마 하나 먹어 봐. 엄마를 먼저 챙겨야지? 어른과 함께 먹을 때는 어른께 먼저 권해야 한다 했잖아. 욕심꾸러기처럼 너만 먹니?" 물론 어른 먼저 배려하는 것이라고 말할 수 있다. 진정 가르칠 기회를 얻으려면 좋은 분위기에서 6살 아이가 알아듣기 쉽게 전달해야 한다. 하지만 있는 힘을 다해 소리질렀다. '널 위해 열심히 사는데, 엄마를 못 알아보니' 속마음은 이랬다. 아이가 전혀 이해할 수 없는 화를 냈고 급기야 6살 아이는 울었다.

'정신 차려. 지금 뭐 하는 거야? 이건 아니잖아! 여진이가 떨고 있잖아. 그만 멈춰.' 마음속 천사 목소리가 들렸지만, 악마도 함께 외쳤다. '잘못했거든. 부모의 희생도 몰라보다니. 나중에 억울하지 않으려면 지금부터 가르쳐야 해. 중요한 것을 잊고 있는 거야. 사람이 먼저 되야지.'

짧은 순간에 불같이 화냈고 여진이가 "엄마 잘못했어요. 무서워요." 하는 말에 멈췄다. 이런 상황이 되기 전에 멈추고 싶었지만,

후회할 말을 쏟아놓은 뒤 아이의 눈물과 애원에 정신 차렸다. 아이가 만두 5개를 편히 먹을 여유를 허락하지 못하고 폭발했다. 그 사이 남은 만두 3개는 아이 마음처럼 딱딱하게 굳었다. 아이는 엄마의 사과를 온몸으로 용서하고 품어줬다.

만두 5개의 사건이 일어나기 전에 매일 같이 육아서를 읽으면서 다독였다. 아픔을 치유하고 여유를 가지려고 노력했다. 하지만 일상은 무거웠다. 배고픔과 서러움이 어처구니없는 사건을 만들었다. 남들이 보면 다 웃을 일이다. 철없다고 비난할 일이다. 엄마라면 아이에게 맛난 거 주는 것에 행복을 느끼고 무엇이라도 좋은 것을 주려고 얼마나 애쓰는가?

하지만 난 엄마 없이, 성장해서 사랑을 전하기에 불리한 위치에서 있었다. 가난한 과거로 여유 있는 마음 씀씀이를 배우지 못했고, 그런 나를 인정하는 일은 무서웠다. 인정하면 변해야 하니까. 변화를 위한 행동이 없으면 언젠가 딸도 아이를 낳아 나와 똑같은 일상을 경험할 것이다. 비슷한 실수를 되풀이하면 잘못된 양육 태도가 대물림되어 아이는 이다음에 힘들 것이다. 자신이 힘든 이유가 부모의 양육습관 덕분이라는 걸 아는 데까지 한참을 돌아서 말이다.

모든 것이 불리하기에 "인일능지 기백지, 인십능지 기천지"《중용》의 명언을 가슴 깊이 묻고 산다. 남이 한 번에 능하면 나는 백 번을 하고, 남이 열 번에 능하면 나는 천 번에 능하면 된다. 불행의 그림자가 대물림 되지 않도록 불리함을 애쓰는 근거로 만들었다. 아이를 품지 못하는 현재 상태를 직시하고 두세 배 노력으로 접근하면 엄마는 달라진다. 잔잔한 트러블이 생길 때마다 아이의 잘못을 바로잡으려 애쓰기보다 왜 폭발했는지 세밀하게 나에게 물었다. 혼자 독하게 버티며 살아야 했던 과거 습관으로 자주 아이를 위하지 못하고 질투했다. 아이의 태도를 바로 잡기보다 '문제 원인이 내게 있다'를 인정했다. 나부터 수정하니 아이는 자연스럽게 타인을 존중하는 사람으로 성장했다.

육아를 예술로 만드는 엄마가 되기 위한 행동 전략 두 가지를 소개한다.

첫째 완벽주의를 조롱하자. 어떤 것도 미완성이다. 엄마가 실수하고 실패하는 과정은 예술가의 습작 과정과 같다. 어떤 위대한 작품도 오랜 습작 기간을 무시하고 나온 적이 없다. 습작을 즐기자. 일을 해냈다는 것은 많은 일을 할 수 있는 터보 엔진을 찾는 길이다. 엄마의 어설픈 행동에 결과가 나쁘다고 주눅 들기보다 더 나은 엔진을 얻기 위한 실험과정이라 여기자. "완벽한 엄마" 틀을 버리면 성장하는 엄마의 다음 절차 밟기가 쉬워진다.

두 번째는 마감 시간을 절대 존중하자. 남들처럼 사는 톱니바퀴 엄마는 마감 시간이 없다. 24시간 아이 생각으로 효율적인 일을 처리할 능력이 부족하다. 긴 시간 함께한다고 육아 효율이 높은 것은 아니다. 유아기가 아니라면 마감 시간을 정하고 짧고 굵게 몰입하고 시간과 마음의 여유를 만들자. 마감 시간을 지켜내는 것은 지적 노동자의 가장 중요한 덕목이다. 엄마는 최고의 지적 노동자다. 사소한 집안일부터 가정 경제, 자기, 아이, 남편 계발까지 문어발 경영자다. 뛰어난 능력과 월등한 실력을 가지고 마감 시간을 지키지 못하는 사람은 가치를 인정받지 못한다. 무한한 지적 자본을 가진 엄마의 가치를 떨어뜨리는 행동을 피하기 위해 마감시간을 지키는 습관을 만들자.

육아 성공은 쉽게 오지 않는다. 실패할 때마다 조금씩 내공이 쌓여 괜찮은 엄마라고 여겨지는 순간이 있다. 그때까지는 쉬지 않고 달린다. 있는 힘을 다해 질주해도 의지와 상관없이 주저앉아야 하는 때가 있다. 무엇을 해도 앞이 보이지 않는 상황에 왔을 때 '잠시 멈춤' 하려면 평소에 최선을 다해 달려야 한다. 책 속에는 탁월한 엄마의 삶을 보여준 스승이 많다. 그 덕분에 육아의 가치를 깨닫고 행동하는 원동력을 선물 받았다. 이제 귀한 선물을 누군가에게 전해주는 삶을 누려보고 싶다. 이것이 받은 선물에 대한 가장 값진 보상이 될 것이며 모두 함께 행복을 만들어가는 시작이 될 것을 확신한다. 세상이 친절하지 않다고 억울했다면 함께 달려보자.

03
내일이 아니라 오늘을 위해
내려놓기

그토록 좋아하는 TV를 끊었다. 아이에게 나쁘다 하니 자제했지만, 더 큰 이유가 있었다. 초등학교에 입학하면 영화와 영어 방송으로 본격적인 엄마표 영어를 진행할 예정이었다. TV를 통해 재미난 어린이 방송에 익숙해지면 영어 방송을 보기 어렵다. 영상 매체는 자극도가 높기 때문이다. 일상을 향한 호기심과 재미를 오래 유지하려면 영상매체의 만남은 신중하게 결정해야 한다. 자극도가 높은 일은 언제 접해도 쉽게 빠져든다.

엄마표 영어를 진행하기 위해 영어책을 읽어주고, 디비디를 노출하고, 음원은 놀 때 흘려 듣게 했다. 가늘고 길게 7년을 영어와 울고 웃고 씨름했다. 대체로 시간이 걸렸지만, 육아에서 만족스러운 결과를 얻었다. 유독 영어는 뜻대로 되지 않았다. 일찍 한글책 읽기 독립 후 영어 소리 자체를 싫어했다. 이유를 물어보면 무슨 말인지 몰라서. 아이에게 한글은 원래 알고 있었던 것이고, 영어는 배워야 할 재미없는 영역이었다. 영어도 한글처럼 자연스럽게 책으로 녹아드는 과정을 보여주고 싶었는데 자주 넘어졌다.

3학년이 되어 영어 학원을 선택했다. 오랫동안 영어소리에 노출되었기에 좋은 선생님 피드백을 받으면 듣기가 되니 읽기가 자연스러워질 것이라 기대했다. 사교육을 선택하기 전에 필요한 이유, 아이에게 어울리는 선생님의 스타일이나 성향, 사교육을 통해 얻고자 하는 구체적인 배움의 깊이, 사교육에 노출할 기간까지 나름의 기준과 원칙을 세우고 접근했다.

선생님과 함께 영어책 읽고 영화 보는 수업을 진행했다. 호기심으로 시작한 지 한 달 지나자, 여진이는 나 모르게 종종 울었다. 두 달쯤 되자 학원을 안 가겠다고 떼쓰며 서러워했다.

"선생님 앞에서 영어책을 읽으면 바보가 되는 것 같아. 가슴이 콩닥콩닥 심장이 콩알이 되고 말도 안 나와. 선생님이 한숨 쉬면 나는 진짜 모자라는 애가 되는 것 같아. 책을 읽을 때 단어가 틀렸다고 지적하시면 다음에 주의하는 것이 아니라, 그냥 아무것도 안 들려. 매일 선생님 앞에서 읽기 지적 받으면서 나를 사랑할 수 없어. 영어 못해도 나는 충분히 사랑스러운 아이고, 귀한 사람이야. 지금은 영어 때문에 내가 매일 바닥에 떨어지는 느낌을 받아. 영어가 꼭 필요한 것도 아닌데 나를 사랑하지 못하게 하니 그만두고 싶어."

"뭔가를 배울 때는 못 하는 나를 만나게 돼. 나를 있는 그대로 보는 법을 배울 필요가 있어. 못한다고 지적하는 게 아니야. 한 단계 성장하려면 지금의 상태를 정확하게 볼 기회가 있어야 해. 어떻게 읽는지 알아야 피드백 줄 수 있잖아. 혼내려고 확인하는 게 아니야."

"왜 영어를 억지로 시키려고 해? 싫다고. 영어 배우지 않아도 행복할 수 있어. 매일 초라한 나를 보면서 아파하면서 배워야 할 이유가 없어."

3개월 영어 학원 다니는 동안 여러 번 싸웠다. 그사이 아이는 짧은 영어책을 술술 읽었다. 이해와 습득이 빠르다고 선생님도 놀라워하셨다. 물꼬를 터주니 읽기에 탄력이 붙었다. 힘들다고 말하지만 들어주고 싶지 않았다. 참고 견디는 법을 배우면 나중에 고맙다고 말할지도 모른다고 우는 아이를 보며 애써 나를 다독였나. 읽기가 되면 욕심 비울 생각이었고, 최소 6개월은 견디는 법을 배워야 한다고 알려주고 싶었다. 날이 갈수록 우는 횟수는 많아지고 엄마를 원망했다.

"엄마는 딸의 행복에는 관심이 없어. 이건 사랑이 아니야."

"널 사랑하니까. 이만큼 양보하고 노력하고 애쓰는 거야. 6개월만 다니자. 읽기가 쉬워졌잖아? 지금 포기하면 아깝잖아. 학원은 재미있는 곳인데 부정적인 선입견이 생길 수 있어. 선생님이랑 즐겁게 고비를 넘기고 웃으면서 그만두자. 자꾸 물러서면 자신감이 떨어진다니까. 이겨내는 경험도 만들어야 다음이 편해져."

어떤 말을 해도 통하지 않았다. 엄마가 옳다는 것을 알려주고 싶은 마음과 힘들다고 소리 지르는 아이를 안아주고 싶은 마음의 양쪽에서 혼란스러워 잠들지 못했다. 분명 잘할 아이임을 아는데, 긴장되는 순간을 참기 힘들어 포기하려는 것을 보니 속에서 천불이 났다. 많은 능력이 있지만 갈고 닦는데 시간과 에너지를 쓰지 않는 아이가 밉상으로 보였다.

나는 왜 아이 영어에서 자꾸 넘어질까? 살다 보면 늘 같은 자리에서 넘어지는 경우가 있다. 이것은 무엇을 의미할까?

내게 사랑이 필요하다는 아이가 보내는 메시지다. 아이의 성과가 행복의 기준이 될 수 없다.

아이의 눈물을 보면서 포기하지 못하는 이유는 뭘까? 불안과 욕심 때문이다. 아이가 영어로 받은 상처의 크기가 엄마 자신을 사랑해야 하는 크기다. 엄마표 영어에 성공한 엄마의 특징이 있다. 자신과 아이를 사랑하는 마음을 단단히 채우고 진행했다.

영어에서 걸려 넘어질 때마다 나를 돌아봤어야 했는데 아쉬웠다. 마음 비우는 일이 쉽지 않기에 12년 만기 적금을 들었고 학원비를 매달 차곡차곡 모았다. 아이 스스로 영어를 시작하고 넓은 세상을 만나기 위해 힘차게 나아갈 때 돕고 싶은 마음에서 말이다. 사교육의 장점 중 하나는 돈을 쓰므로 엄마 몫을 다했다는 짐을 조금 내려 놓을 수 있다. 그만두지 못하는 것은 엄마의 불안이다. 뒤처짐에 대한 걱정을 인정했고 매달 통장의 변하는 숫자를 보면서 나를 사랑하는 법을 익히는 사람이 되자 다짐한다.

36개월이 지났다. 그사이 아이의 영어 점수에서 자유로운 엄마가 되었다. 아이가 원하지 않기에 영어 욕심을 비워내고 그 자리에 나를 사랑할 용기를 채웠다. 아이를 키우면서 늘 같은 자리에서 넘어진다면 '엄마, 자신을 사랑하세요' 아이가 전해주는 귀한 메시지라고 생각했다. 아이가 원하는 사랑을 주기 위해선 엄마가 먼저 사랑이 충만해야 한다. 아이의 영어 공부로 매일 쓰던 에너지를 내게 돌리니 나도 즐거워지고 아이도 행복해졌다.

"영어 학원을 그만둔 것은 내 인생에 가장 현명한 선택이었어."

12살 여진이가 후회하지 않을 선택이었다 하니 다행이다. 만약에 엄마표 영어에 성과를 냈다면 겸손을 배우지 못했을 것이다. 넘어지는 순간은 고통이지만, 잠깐 멈춰 왜 넘어졌을까 생각하다 보면 꼭꼭 숨은 기회의 신을 만난다. 최근에 아이는 좋아하는 해리포터 영어 원서를 혼자 읽기 시작했다. 영어 교육의 단계를 전부 무시한 채 자신만의 발걸음으로 영어에 다가가는 중이다.

04
이 안에 너 있다

　대한민국에서 육아는 어렵고 힘들다. 부모의 경제력도 중요하지만 요즘은 조부모의 경제력도 아이에게 영향을 주는 시대다. 엄마, 아빠는 자기 계발에 힘쓰며 사회가 원하는 직업인이 되어 스펙을 쌓고, 조부모의 돈과 시간 지원으로 아이를 키운다. 3대의 환경이 아이에게 미치는 영향이 부정적인 것도 있겠지만 내 눈에는 긍정적인 효과만 보였다. 엄마는 원하는 일을 하고 있으니 아이를 바라보며 미소 지을 일이 많지 않을까. 경제적으로 여유 있는 부모는 양과 질이 어우러진 교육의 기회를 아이에게 허락한다.

　돈을 벌어서 원하는 곳, 원하는 사람을 만나고 다닐 때는 몰랐다. 육아한다고 집에 있어 보니 조부모 도움은 육아에 보탬이 되니 좋아 보였다. 한 아이가 자라는데 동네가 필요하다 했던가. 해줄 수 있는 것이 적어서 미안했다. 누구나 부모를 선택해서 태어날 수는 없다. 갖지 못한 것에 집착하면 욕심이 눈앞을 가려 함께 있으면서도 행복이 안 보인다. SNS와 주변을 돌아보면 경제적, 심리적으로 여유가 있어 보인다. 겉은 여유 가득인데 속은 곪아가는 사람이 많다. 아이를 잠시라도 부모님께 맡길 수 있다는 사실만으로 육아에 큰 힘이 될 텐데 모르는 경우가 많다.

친정 엄마가 있으면 마음 편히 아이 맡기고 일하면 아이와 나는 즐거울 텐데. 이런 아쉬움 때문에 힘들었다. 하지만 엄마 역할을 수행하면서 어둠의 그림자를 말끔히 씻었다. '부모 덕' 볼 생각을 하니 불편함이 커져 작은 것에 감사를 몰랐다. 어둠의 그림자는 욕심에서 시작된다. 힘들 때 조금은 편히 가고 싶고, 경제적으로 어려울 때 조금만 지원받으면 마음이 한결 편해질 것 같았다. 육아에 지친 몸을 이끌고 잠들지 못한 날이면 나 대신 고운 정성으로 아이를 돌봐 줄 엄마가 필요했다. 이 모든 것이 부모에게 독립하지 못한 마음에서 나왔다. 내 뜻대로 살고 싶고 간섭은 싫고 도움은 받겠다는 어이없는 심보 말이다.

엄마 없이 엄마가 되면서 질문하는 사람이 되었다. 무에서 유를 창조할 바탕을 갖게 되었다. 귀한 아이를 키우다 보면 어른들의 지원도 있지만, 간섭도 많다. 좋은 것이 있으면 마음에 들지 않는 면도 분명 있다. 나만의 육아 철학을 세우는 데 딱 좋은 조건이었다. '엄마' 역할에 관해 아는 것이 없으니 공부해야 했다. 조부모가 보낼 수 있는 사랑을 내가 줘야 했다. 일인분 엄마 역할도 감당하지 못 하면서 오 인분의 사랑을 주려니 노력 말고는 딱히 쉽게 할 수 있는 방법이 없었다. 책임감의 무게에 변명하고 불만으로 보낼 여유가 없었다.

아이가 100년을 산다면 선택한 독점 육아 기간은 짧다. 엄마의 삶을 선택했으니 집중과 몰입을 경험하려면 무엇을 해야 할지 생각해보자. 우리 몸은 탄수화물, 단백질, 지방 3대 영양소가 필요하다. 그럼 엄마 영혼에 필요한 3대 영양소는 뭘까? 사회 심리학자이자 행복 연구 달인이신 최인철 교수에 따르면 자유, 유능, 관계라고 한다.

첫째, 자율성을 발휘해야 한다. 해야만 하는 일로 일상을 채우면 재미없다. 육아는 해야 하는 일이지만, 자발성을 토대로 선택하자. 친정엄마가 사랑으로 아이를 키워줄 조건이 되었다면 난 아이를 맡기고 일했을까? 아니라고 믿고 싶다. 많은 육아 전문가는 아이의 생후 3년을 결정적 시기라고 한다. 쉽게 이야기하면 3년 독점 육아를 통해 최선을 다하면서 앞으로 살면서 겪는 고통과 좌절 속에서 아이는 스스로 사랑하며 즐겁게 살 수 있다는 의미다. 물론 아이가 성장하는 과정에 늦은 때란 없다. 결정적인 시기가 지났어도 부모의 정성으로 얼마든지 아이는 행복할 수 있다. 결정적 시기 3년을 잘 보내면 적은 노력에도 큰 효과를 볼 수 있다는 뜻으로 해석된다. 생후 3년 독점 육아는 노력이 가장 큰 효율을 보이는 시기다.

둘째, 유능감이 필요하다. 고기도 먹어본 사람이 맛을 안다. 육아도 하다 보면 노하우가 쌓이고, 온전히 아이와 즐기는 날이 온다. 사람은 능력을 인정받았을 때 행복을 느낀다. 엄마가 되기 전에는 무슨 일을 하든 능력을 인정받았다. 엄마의 유능감은 기준이 없기 때문에 누군가로부터 인정 받기 쉽지 않다. 엄마 경력이 스펙으로 인정 받는 사회가 아니라 더욱 그렇다. 스스로 느끼는 유능감은 곧 나와 아이의 행복이다. '이보다 좋을 수 없어' 외치는 순간이 분명 있다. 열등감은 에너지를 갉아먹는다. 함께하는 시간동안 가진 열등감의 근원을 제거할 기회다. 엄마라서 좋은 나를 발견하고 스스로에게 감격하는 순간을 만들자.

셋째, 좋은 관계 유지하기다. 세상에서 가장 가깝고도 먼 당신이 자식 아닐까? 많은 인연 중에 자식과 인연이 잘 풀려야 세상에서 맺는 인연이 다 좋은 인연이 된다. 좋은 관계는 살아가는 에너지를 온전히 전해준다. 육아를 통해 관계 맺는 기술을 터득하면 사회생활도 쉬워진다. 애 잘 키우는 엄마가 일도 잘한다.

"사랑 가득 품고 참석하신 어머니, 아버지. 아이들 사진과 동영상 찍는다고 순간을 놓치지 마세요. 월등히 좋은 기계가 순간을 담아준다고 해도 이 순간의 감격을 모두 담을 수는 없습니다. 눈과 마음에 가득 담아가셨으면 좋겠습니다."

부모가 되면 사진찍기 바쁘다. 남기기 위해 쉴새 없이 눌렀다.

하지만 눈에 담은 감격과 영상에 남은 순간은 다르다. 영상은 기록으로 오래 보존되지만, 순간의 감동은 눈과 마음으로 담아야 힘이 된다. 아이와 성장한다는 것은 순간의 감동과 역사를 마음에 담는 일이다. 마음에 담은 감동이 추억이 되어 힘든 시기의 나를 잡아줄 귀한 원동력이 된다. 아이와 좋은 관계는 노력할수록 기쁨이 배가 된다.

온몸을 던져 육아하든, 적당히 타협하면서 육아를 즐기던 아이는 때가 되면 성장한다. 엄마 없이 육아하면서 깨달은 것이 있다면 행복은 호기심이다. 아이를 잘 키워 얻는 성과는 기쁘고 즐겁다. 하지만 길게 가지 않았다. 그보다 더 행복하게 한 것은 어떻게 하면 아이가 행복하게 잘 성장할까? 호기심을 유지할 때 느꼈던 설렘이다. 아이에게 관심을 갖는 그 자체가 행복이었다. 아이를 향한 호기심을 놓치지 않고, 아이의 눈빛을 읽어가는 과정에 있는 순간들이 포근하게 나를 안았다. 어설픈 엄마의 사랑은 아이를 향한 관찰과 호기심을 늘려 갈수록 깊어졌다.

드라마 〈파리의 연인〉 명대사를 기억하고 아이의 손을 내 가슴에 올려둔다.

"이 안에 너 있다. 네 맘속에 누가 있는지 모르지만, 내 마음속에 너 있어."

05
여우 엄마에서
고슴도치 엄마로

"철수는 무슨 책 읽어요?"

아이가 저학년까지 재미난 책 정보가 많아야 독서 환경 만들기가 쉬워지니 마주하는 엄마마다 물었다. 단체에서 전하는 추천도서 목록보다 책 육아하는 엄마들의 정보가 더 좋았다. 추천도서는 학교에서 읽을 기회가 있고 굳이 엄마가 챙기지 않아도 되었다. 남들이 평가하는 질 높은 책보다 양으로 채우는 다독을 중요시했다. 가령 100권의 책 중에서 아이 입맛에 딱 맞는 책은 20권 미만이다. 아이 마음을 움직이는 200권의 책을 찾으려면 적어도 2,000권, 10배에 해당하는 책 정보가 필요하다. 인터넷을 통해 책 정보를 모아 재미있어 보이는 책은 구입했다. 많은 책 속에서 아이 입맛대로 읽게 했다. 재미난 책 정보를 얻기 위해 정보수집은 필수였다.

브랜드 전집은 고 퀄리티의 장점이 있지만, 부모를 불안하게 만드는 판매전략이 덤으로 숨어 있다. 책의 중요성보다 판매전략이 중요하기에 좋은 것을 얻으려다 음지로 빠질 수 있다. 조심 또 조심. 호기심으로 이루어진 테스트는 받지 않는 것이 아이나 엄마의 정신 건강에 좋다. 아이의 발달을 체크하는 검사가 모두 판매로 이어진다. 결과와 상관없이 해석은 영업으로 전개된다.

"엄마, 영어 소리 안 나게 하면 안 돼?"
추구하는 엄마표 영어의 가장 핵심은 집중 듣기와 흘려 듣기였다. 엄마가 영어 읽기에 자유롭지 않아 음원을 이용했다. 집중 듣기는 영어 시디나 음원을 틀어놓고 아이가 읽어주는 소리에 따라 그림과 글자를 맞춰 듣는 방법이다. 흘려 듣기는 영어 디비디를 시청하거나 집중 듣기 했던 음원을 말 그대로 흘려 듣는다. 온 집안에 백색 소음처럼 돌아갔다. 하루 평균 3시간 이상 들었다. 가끔 내 귀가 시끄러워 집중되지 않을 때 정지했다. 아이의 요청으로 길게 중단하는 경우는 드물었다. 한글책도 골라야 하고 안 되는 엄마표 영어 정보도 수집해야 하니 인터넷 검색하는데 가용시간의 대부분을 썼다.

"모범학부모 감사장 수상을 축하드립니다."
작은 학교에서 3년을 보내면서 특이한 경험을 했다. 학생회장 엄마가 학부모회장이 되는 보통의 사례가 통하지 않았다. 전교 회장 선거에 당선되면 엄마가 학부모회장도 맡아야 하기에 아이들이

후보 등록을 하지 않았다. 학교에서는 전교회장과 학부모회장 사이를 분리시켰다. 학교를 대표하는 학부모 한 분이 경상남도 교육청에서 역사가 오래된 부모회(가명) 회원이 된다. 아이가 2학년 때, 내가 학교대표가 되었다. 회원은 1년 동안 도내 교육 발전을 위해 활동한다. 모임의 역사는 50년이 남짓 가입 기준이 까다롭다. 회원의 대부분은 도내 초중학교 전교회장 엄마였다.

아이 덕분에 회원 자격을 얻은 것만으로 대부분 자부심이 강했다. 관내 60곳이 넘는 회장 엄마를 가까이서 뵈었다. 자식에게 프라이드 강한 엄마, 겸손한 엄마, 권위의식에 길들여진 엄마, 자식교육에 올인하는 엄마, 자기 일에 전념하면서 시간을 쪼개어 활동하는 엄마 등 다양하다. 엄마 주도 학습으로 성장하는 아이는 엄마가 정말 바쁜 일정을 소화했다. 옆에서 지켜보면 엄마의 삶이 없어 보였다. 아이의 성과가 곧 엄마의 자부심이었다. 웃고 있지만 위태로워 보였다.

"남자는 여자 하기 나름이잖아요"를 가슴에 품고 살았다. "아이는 엄마의 노력에 따라 달라진다"는 신념으로 행동했다. 잔꾀 부리며 아이가 가고자 하는 방향에 길 터주는 엄마이고 싶었다. 리더십 분야의 대가인 짐 콜린스의 저서《좋은 기업을 넘어 위대한 기업으로》를 통해 여우가 아닌 고슴도치 전략을 고민했다.

여우는 매우 교활하고 아름다운 동물이다. 여우는 재빠르고 날

쎈하고 사냥에 능하다. 반면 고슴도치는 작고 느리고 뚱뚱하다. 쉭 쉭 소리 내며 가시 세우는 일 말고 특별히 하는 일이 없다. 밤 되면 쳇바퀴 돌리고 먹고 싸고 낮에는 잤다. 고슴도치는 한 가지 일만 생각했다. 여우는 고슴도치를 사냥할 많은 전략을 짜내며 고슴도치를 습격할 완벽한 순간을 기다린다. 하지만 여우가 고슴도치를 공격할 때마다 고슴도치는 몸을 공 모양으로 말아 자신을 보호한다. 결국 여우는 실패하고 집으로 돌아가 다음 날 사용할 다른 공격 전술을 짠다. 물론 매일 결과가 반복된다. 여우는 아무것도 얻지 못하고 고슴도치는 언제나 승리한다.

그리스의 시인 아르킬로코스는 "여우는 많은 것을 알고 있지만, 고슴도치는 하나의 큰 것을 알고 있다"고 말했다. 여우가 온갖 교활한 꾀를 부려도 고슴도치의 한 가지 확실한 호신법을 이겨낼 수 없다. 위대한 조직들은 고슴도치와 같다. 그들은 제일 간단한 방식으로 쉽고 효과적이며 강력한 행동 계획을 생각해낸다. 짐 콜린스는 고슴도치가 한 가지에 집중하는 전략개념은 자기 자신의 정체성을 정확하고 깊이 있게 이해하는 데서 탄생한다고 전한다.

좋은 기업을 넘어 위대한 기업으로 살아남은 조직은 고슴도치 콘셉트에 있다. 잔꾀 부려서 좋은 기업은 될 수 있어도 오래 살아남는 행복한 조직은 아닐 수 있다. 그래서 여우 엄마를 버렸다. 나와 아이의 행복한 일상을 위해 고슴도치 콘셉트를 찾기 시작했다. 입학 전에는 여우 엄마가 통한다. 여우 엄마로 많은 기회를 아이에게

쳤다. 그러나 어느 순간이 되면 아이를 위해 전략을 바꾸어야 한다.

나의 고슴도치 전략 첫째는 독서다. 10살까지 독서 교육에 목숨을 걸었다. 거창해 보이지만 단순하다. 매일 책과 함께하는 삶을 위해 책 사고, 읽고 두 가지만 했다. 환경을 깔아주고 독서에 즐거움을 느낄 분위기를 만들었다. 아이에게 책은 생활이다. 지루하거나 불안하거나 혼자만의 시간이 필요할 때 책을 읽는다. 꼭 봐야 할 책도 없고, 재미있으면 읽는다. 읽다 보면 '나는 누구인가?'를 스스로 질문하게 된다. 사람마다 감동하는 문장이 다르다. 책을 통해 감동하는 때가 언제 올지 엄마는 알 수 없다. 그러기에 아이의 독서 습관에 에너지를 쓴다. 읽다보면 스스로 정체성을 만들어가는 길이 보일 테니까.

자아 정체성은 스스로 찾아가는 것이다. 중·고등학생이 되면 아이들은 의외로 부모의 영향을 덜 받는다. 훌륭하다고 여겨지는 어른은 자신만의 롤모델을 가지고 산다. 롤모델이 부모가 되는 경우는 적다. 책 속이나 주변에서 찾는다. 읽기만으로 아이는 '나는 어떻게 살 것인가' 질문하면서 자신만의 인생 밑그림을 그린다.

두 번째 전략은 바로 인생 밑그림을 위한 글쓰기다. 여우 엄마를 버리고 택한 고슴도치 엄마의 전략은 쓰는 삶이다. 책도 결국은 남의 생각이다. 남의 생각을 주입만 해서는 나다운 인생을 그리기 힘들다. 책 한 권이 몸을 통과해 나온 메시지는 글로 남아야 한다. 생각을 녹여낸 글은 나는 어떤 사람인지 알게 한다. 글이란 자연스럽게 나와야 한다고 믿는다. 읽기에 특별한 방법이 없었던 것처럼 쓰기도 마찬가지다.

자아 정체성을 분명히 알 때 자신이 원하는 일상을 살아간다. 메타인지와 자기 통찰력은 자동으로 올라간다. 자아 정체성을 깊이 들여다보려면 생각을 종이 위에 표현해야 한다. 6학년 아이는 하교 후 글쓰기를 우선순위에 둔다. 아이 스스로 제목을 정하고 하루에 A4 2장의 글을 쓴다. 일상 전반에 느꼈던 감정과 사건을 재해석하고 의미를 부여하며 쓰는 삶을 연습하고 있다. 고슴도치 콘셉트 읽기와 쓰기 외에는 전부 들러리다. 가끔 쓰기를 빼먹는 날이 많다는 것은 '비밀'이다. 블로그 글쓰기와 펜팔로 대체되기도 한다.

고슴도치 콘셉트를 잡는데 많은 시간이 걸렸다. 엄마와 아이에게 딱 맞는 육아, 아이에게 가장 중요한 습관을 위해 시행착오를 겁내지 말자. 움직이지 않고 실수하지 않고는 얻는 게 없다. 육아가 쉬워지려면 버려야 한다. 여우 엄마는 바쁘다. 아이의 인생 전략을 세우느라 엄마의 고슴도치 콘셉트를 잡을 시간이 없다. 아이는 빠르면 중학생 늦어도 20살이면 부모 곁을 떠난다. 아이 없이도 행복한 엄마로 살려면 지금 무엇을 버려야 할지 보일 것이다. 고슴도치 콘셉트를 가진 조직은 위대한 기업이 되었다. 좋은 엄마 말고 위대한 엄마로 살고 싶다. 위대한 엄마는 양육의 고슴도치 콘셉트와 엄마 인생의 고슴도치 콘셉트를 동시에 디자인한다. 여우?, 고슴도치?

06
아이의 결점에
익숙해져라

외모에 관심이 많았던 10대의 초라한 모습은 내 가슴 깊은 곳에 결핍으로 존재했다. 30만원 넘는 고가의 책가방은 필요 없지만 깔끔하게 맵시 있는 옷으로 아이를 꾸며주고 싶었다. 문제는 맵시 나는 많은 옷을 샀건만 아이는 거부했다. 불편하니까, 움직임도 둔해지고 예민한 감각 때문에. 아이는 "아, 정말 눈이 부시게 예쁘구나." 느껴지는 순간을 허락하지 않았다. 아이가 가장 좋아하는 옷은 내복이었다. 옷이 불편하면 좋아하는 바깥 활동도 주저했다. 엄마가 원하는 옷을 입을 바에는 차라리 나가지 않았다.

아쉽게도 내게 학교는 달랐다. 아무래도 남들 시선에 많이 노출되니까. 딸을 키우면서 초라했던 어린 시절의 한을 풀고 싶었나 보다. 아이가 불편해하는 것을 알기에 나름 편하고 예쁜 옷으로 여러 벌 준비했다. 엄마의 결핍과 아이의 욕망이 만나 등교하는 좋은 아침에 싸웠다. 돈 들여 산 옷이 아까워 입혀야 하는 엄마와 피곤한 학교생활을 위해 옷이라도 편히 입고 다니겠다는 아이의 불꽃 레이스는 거의 엄마의 승리로 끝났다. 개운하지 않은 승리는 아이도 엄마도 다친다.

추운 겨울 어느날, 아이는 배고픔을 달래기 위해 쓰레기통을 뒤지는 길고양이 생각에 마음이 아파 사료를 주러 나갔다. 추위보다 불편한 바지가 싫어서 여름 바지를 한겨울에도 입었다. 하필이면 그날 주변 엄마들의 걱정을 빙자한 아이의 일상 보고를 들었고 거북했다.

"영하로 떨어진 한겨울인데 여진이가 여름 슬리퍼 신고 하늘거리는 얇은 바지를 입고 아파트를 배회하던데 알아요?"

좋은 말로 포장되었지만 '아이에게 신경 좀 쓰세요'라는 의미를 가득 담고 있다.

머리로는 '편한 옷이 최고야'를 기억했다. 그러나 30센티 떨어진 마음은 '아이 관리 잘하는 개념 있는 엄마로 인정받아야 하는데'와 매사에 충돌할 뿐이다.

아이가 그림 그리기에 빠졌다. 쉬워 보이는 그림도 직접 그리면 뜻대로 연필이 돌아가지 않는다. 지웠다 그렸다 반복하던 아이는 급기야 종이를 찢어버렸다. 마음대로 움직이지 않는 손놀림에 화난 나머지 굵은 눈물을 뚝뚝 흘렸다. 그림 그려서 상 받을 것도 아니고 재미있어 스스로 시작했다. 원하는 대로 안 되면 성질부리는 모습을 보니 기가 찼다. 센스있는 엄마들은 이렇게 말할 것이다.

'화났구나. 마음대로 그려지지 않아서 속상했구나. 울고 있는 모습을 보니 엄마도 마음이 아파. 이리와 엄마가 안아줄게.'

머리로는 안다. 알고 있는 데 가슴에 도착하지 않아 생각대로 안 되는 날이 많을 뿐이다.

"울고 짜증내고 화낼 거면 하지 마. 어떤 일이든 시작했으면 차근차근 시간이 흘러 내공이 쌓이는 기다림을 알아야지. 뭐 하는 거야? 그런 태도라면 당장 그만해."

이런 말을 차분하게 했을 것이라 예상한다면 놀랍게도 아니다. 악을 쓰며 폭발했다. 아이들과 수업하면 이성이 먼저 작동한다. 해야 할 말과 하지 말아야 할 말을 구분한다. 집에서도 습관이 나오면 좋겠는데 딸 앞에서는 15년 강사 경력은 모래성처럼 와르르 무너졌다. 엄마의 사회 경험이 분명 모래성이 아닐 텐데 왜 쉽게 무너졌을까?

첫째, 아이를 너무 사랑하기 때문이다. 불같은 사랑이 불안, 두려움의 씨앗이 되었다. 엄마 마음속에 자리 잡은 부정적인 경험을 아이가 겪지 않았으면 하는 마음이 보호막을 쳤다. 경험해 보니 내가 아프고 슬펐다. 그러니 아이에게는 좋은 경험만 주려 한다. 우리가 겪어가는 경험 중 좋은 것과 나쁜 것은 어떤 기준으로 나눠질까? 보통은 부모가 경험하면서 얻은 감정이 기준이다. 엄마 없이 자란 서러운 기억이 아픔이 되었지만 나를 단단하게 만들어준 기회였다. 속상한 경험이 있기에 좋은 경험이 빛을 발한다. 경험은 해석하기에 따라 달라진다. 비슷한 경험도 아이가 어떻게 받아들이느냐에 따라 부모가 겪은 감정보다 더 값진 것이 될 수 있다. 엄마의 불안 때문에 아이를 틀에 가두지 말자.

둘째, 아이의 시간을 이해하지 못했기 때문이다. 부모의 오랜 경험을 통해서 얻은 복잡한 감정과 다차원의 생각은 아이들을 왜곡된 시선으로 바라보게 만든다. 아이들은 경험이 적어서 부모의 논리를 받아들이지 못한다. 아이들은 과거와 미래보다 현재를 충실히 산다. 그러니 늘 즐겁고 행복하다.

아이는 '현재의 차원'에서 이해하는데, 엄마가 과거와 미래 차원의 혼합된 상태로 아이를 대하니 불꽃 뿜는 전쟁이 일어난다. 육아 중 충돌이 자주 일어나는 것은 과거와 미래에 발목 잡혀 현재 아이의 아름다운 순간을 엄마가 보지 못했기 때문이다. 아이가 자신만의 경험을 쌓아 지혜를 만들기 전에 엄마의 왜곡된 생각으로 전한 말과 행동 속에 아이다움을 서서히 숨겼다. 아이가 가진 색깔을 자주 드러낼수록 강하고 지혜로운 아이가 된다. 아이가 가진 차별성이 있다. 아이의 차별성을 개발시키기보다 엄마 색으로 덧칠하면 고유색을 잃는다. 엄마는 아이를 위한 '현재'에 집중해야 한다.

세 번째는 아이의 결점에 익숙하지 않다. 뱉은 말 중에 가장 많은 비율을 차지하는 말은? 결점의 수정, 보완을 위한 말이었다. 엄마니까. 격려와 위로를 전하기 위해 열심히 배웠으나 현실은 만만치 않다. 책 속에 고수 엄마는 멋진데 내 육아에서 시도 때도 없이 허술한 모습과 마주했다. 초라한 모습을 만날수록 아이의 결점을 커버해주는 엄마가 되고 싶어 많은 말을 늘어놓았다. 때로는 독침이 되어 아이를 괴롭혔다. 격려든 위로든 독침이든 가장 꼭대기에는 무엇이 있을까? 아이가 잘 되었으면 좋겠다는 마음에 결점을 장점으로 바꿔주고자 하는 욕심 아닐까? 나를 비롯하여 많은 엄마가 자식의 장래를 위해 공부하고 행동하며 좋은 환경을 마련하려고 노력한다. 아이의 결점에 익숙해지면 어떤 일이 벌어질까?

일단 말이 줄어든다. 수정 보완하기 위해 쏟았던 많은 말이 무의미해지니까. 아이의 결점에 익숙하다는 것은 곧 아이는 바꿀 것이 아무것도 없다는 뜻이 된다. 익숙해지면 눈에 띄지 않는다. 결점에 익숙하다는 누구나 불완전하다는 단순한 진리를 인정하는 것이다. 신기한 것은 부모가 되면 유독 아이의 결점에 신경이 쓰인다. 하지만 결점이 자연스러워지면 아이의 행동이 모두 위대해 보이고 아이의 경험에 최고의 가치를 부여한다.

초등학교에 입학하면 아이는 엄마가 지적하지 않아도 주변 환경에 따라 자신의 결점을 알고 싶지 않아도 익히 듣는다. 가령 "세상에서 네가 제일 예뻐"라는 말을 부모를 통해 무수히 들었다. 그런데 학교에 가면 더 예쁜 친구가 많다는 사실을 알게 된다. 부모가 결점을 지적하고 수정 보완하기 위해 제시하지 않아도 아이는 사회생활을 시작하면서 나름의 기준을 갖는다. 거기에 엄마까지 보태면 아이는 외로워진다.

결점을 수정, 보완하면 어떤 모습이 될까? 우리가 좋아하는 A++ 등급의 마블링 환상의 한우가 되지 않을까? 소고기에 대해 아는 것이 없으니 마블링 가득한 부위를 찾는다. 빨간 선홍색 위 대리석 무늬 마블링이나 나라가 정해둔 등급 높은 고기를 찾는다. 소비자가 선호하는 마블링 가득한 소고기가 되려면 정해진 사료와 운동량을 준수해야 한다. 다시 말해 초록빛 들판 위에서 자유를 만끽하는 소는 마블링 가득한 일등급 기준을 통과 못한다. 철저하게 관리받은 소보다 지방이 적어 질겨진다. 결점을 수정, 보완하는 삶은 최상품을 만드는 과정과 같지 않을까?

최상품이 아닐지언정 아이가 나와 함께하는 동안은 자유를 만끽하며 뛰어놀았으면 좋겠다. 앞으로도 이 신념이 얼마나 잘 유지될지 알 수 없다. 이것을 실현하려고 '결점이 있어도 괜찮아'가 아니라 아예 '결점'이라는 단어를 지웠다. 아이는 엄마 손길이 진짜 필요했던 시기를 지나면 스스로 계획하고 배워가는 일상을 살 충분한 능력을 지니고 있다. 마블링이 가득한 한우보다 초록 풀밭을 배회하는 한량 소를 기억하자. 엄마로부터 결점을 지적받지 않은 아이는 스스로 좋은 사람이 되기 위해 한량 소처럼 소신대로 성장한

다. 스스로 만든 삶의 철학을 간직한 아이는 어떤 어려움에 넘어지
더라도 반드시 스스로 일어난다.

07
엄마와 딸 사이

　엄마와 딸 사이는 친구 관계로 발전한다. 혼자 살아가는 방법을 어릴 적부터 터득했기에 공주병 걸린 엄마를 만나면 질투하고 비판했다. 주변을 돌아보면 육아에서 친정엄마 찬스 쓰면서 불만도 많다. 익숙함은 '편안'을 당연한 것으로 받아들이면서 감사는 눈에 띄지 않는다. 나 역시 엄마의 보호 아래 있었다면 공주병으로 컸을지도 모른다. 누군가에게 비판받더라도 다음 생애는 공주병으로 커봤으면 좋겠다는 욕심이 있었기에 질투하지 않았을까. 사람이 나쁜 것이 아니라 현재 상황에 깨어있지 않으면 모르는 사이에 물든다. 엄마 없이 성장했기에 엄마와 딸은 어떤 사이일까 궁금했다. '엄마'에 대한 호기심과 해결되지 않는 질문을 쌓아본다면 아파트 20층 높이와 비슷할 듯하다.

　친정엄마와 나는 다른 시간과 공간에서 살았다. 집 나간 엄마가 언젠가는 오시겠지 하고 처음에는 기대감이 있었다. 5년, 10년이

지나도 소식 없는 엄마는 머릿속 뜬구름이었다. '엄마'라는 단어는
익숙하지만 어떤 모습과 삶을 바라보는 철학이 있으신지 짐작하지
못했다. 죽기 전에 엄마 얼굴을 못 볼 수도 있다는 결론을 내리고
살았다. 엄마 없는 아픔과 결핍 덩어리가 곳곳에서 갈등을 일으키
며 살아가는 것에 익숙했을 때 20년 만에 엄마를 만났다.

"나도 엄마 있다." 짧은 명제가 마음에 들어오는 순간 신기한 일
이 벌어졌다. 엄마가 있는 것만으로 부러움과 질투의 대상이었던
공주병 주변인이 다르게 보였다. 엄마가 있어 행복한 사람보다 있
음에도 불행한 사람이 많았다. 모성애의 위대함은 누구나 아는데
온몸으로 느끼며 사는 사람은 많지 않았다. 머리로 엄마를 사랑하
지만, 자식을 사랑하지만, 마음이 연결되지 못하는 경우도 많았다.
행복한 관계는 자신만이 아는 것이지만 내 눈에는 그리 보였다.

신경숙의 소설《엄마를 부탁해》읽던 중에 "모녀 관계는 서로 아
주 잘 알거나 타인보다 더 모르거나 둘 중 하나다"를 만나면서 혼
란에서 자유로워졌다. 엄마가 있고 없고의 문제가 아니라 관계는
알거나 모르거나 둘뿐이다. 그리움이 가득했던 엄마를 만난 지 7
년이 지났다. 여전히 친정엄마에 관해 소소하게 아는 것이 별로 없
다. 사랑하면 상대에 관해 무엇이든 알고 싶다. 친정엄마를 사랑하
면서 엄마에 관해 아는 것이 없다는 것이 과연 사랑일까? 엄마로
살아보니 그렇다. 엄마도 엄마 이전에 한 인간이다. 주기만 해서는

엄마도 언젠가는 지친다. 친정엄마를 사랑한다면 채워주자. '사랑'이란 익숙한 단어가 이끌어내는 행동은 무엇인지 돌아볼 필요가 있다. 친정 엄마를 사랑하는 줄 알았는데 진짜 사랑이 아닐 수도 있다고 생각하니 오히려 마음이 편해졌다.

친정엄마와 나는 서로 행복하게 살기를 염원하면서 각자의 생활을 인정하면서 지낸다. 친정엄마와 한 번도 싸우지 않았다. 생사도 모르고 살았다. '만남만으로 감사가 넘친다.' 이것이 생각 있는 사람이라면 정상적인 마음일 텐데. 내 마음은 다르다. 해결하지 못한 감정, 말로 표현하지 못하는 힘든 찌꺼기가 있다. 다만 엄마의 아픔을 알기에 대화로 마음의 앙금을 지우는 것이 아닌 해결하지 못한 감정을 스스로 치유하기 위한 글쓰기를 선택했다. 작가가 되는 원동력을 얻었다. 친정엄마는 단 1분이라도 걱정 끼치지 않으려고 열심히 사신다. 친정엄마가 암 치료를 받는 동안 그 사실조차도 몰랐고, 항암치료 중에도 아무 말 없으셨다. 우리 사이가 참 거시기하다. 서로 걱정할까 봐, 아픔을 공유하지 못하는 사이다. 서로 다치지 않게 조심한다.

상처받은 시간이 많아 서로 눈치 보면서 예민하게 대응한다고 생각했다. 배려와 눈치는 차이가 있다. 행동의 중심에 내가 있으면 배려고 중심을 잃고 살면 눈치다. 자신의 가치는 자신만이 결정하는 것이라고 믿는 사람이 하는 행동은 배려다. 자신의 내면에 집중하는 사람은 스스로 가치를 정할 수 있다. 친정엄마와 나 사이는 눈치 보던 일상이 이제는 배려가 되었다. 친정엄마의 인정과 칭찬을 위해 친정엄마 없는 시간을 견뎠다. 언젠가 만날 엄마에게 성공한 딸이 되고 싶었기 때문이다. 지금은 사회가 정해 놓은 기준으로 괜찮은 딸이 되기 위해 애쓰는 삶이 아니라 그냥 하루가 즐거운 딸을 선물한다.

친정엄마는 아이와 나 사이에 깊은 영향력을 행사한다. 부정적인 감정이 가득한 내가 긍정을 담는데 세 가지가 필요했다.

첫째, 엄마를 만나고 '사랑'을 스스로 정의했다. 사랑은 호기심이다. 호기심은 사람을 움직이게 한다. 움직이는 것이 사랑이지 말로 하는 사랑은 꽝이다.

둘째, 엄마는 아이에게 귀를 연다. 친정엄마를 만나기 전에 아이에게 귀를 열기보다 내 이야기 듣기를 강요했다. 엄마와 딸의 관계는 귀를 활짝 열어야 사랑이 깊어진다.

셋째, 눈치는 사람을 아프게 하지만 배려는 나를 단단하게 만든다.

"야채 먹어야 불량식품 먹어도 건강 균형을 맞출 수 있어. 야채 싫어하니까 익혀서 본연의 맛이 느껴지지 않도록 볶음밥 했어."

" 볶음밥 싫어. 나는 짜장면도 양파와 채소가 많아 싫어."

"날씨가 너무 더워. 긴 머리는 감기도 불편하고 관리하기 힘들잖아. 5센티만 자르자."

"엉덩이 덮을 만큼 기를 거야. 머리는 내 생명과도 같아."

"그럼 잘 빗고, 정리도 잘하고 다니자. 머리가 산발이면 안 예쁘잖아. 관리 잘해야지."

"남들에게 예쁘게 보이려고 기르는 것이 아니라 내가 좋아서 기르는 거야. 그러니 관리도 마음대로 할 거야."

어느 순간부터 엄마 말을 지독하게 듣지 않는 아이가 되었다. 의견을 강하게 주장하여 내 뜻대로 할 기회가 많지 않았다. 좋은 기회를 주고 싶어도 아이가 스스로 납득되지 않으면 한 발짝도 움직이지 않았다. 달콤한 상을 제시해도 별로 반응하지 않았다. 옆집은 권하면 자연스럽게 받아들이고 좋은 기회를 얻는 것 같은데 우리집은 아니었다. 엄마가 원하는 대로만 움직이는 아이는 위태롭다. 하지만 엄마가 제시하는 일이라면 반감이 많은 것도 문제 아닐까? 엄마를 싫어하는 것인지 반항하고 싶은 것인지 아리쏭하다. 그때마다 좌절했고 무엇이 잘못인가 반성하다 지쳐 일어날 힘을 잃기도 했다.

책 읽는 여자를 과소평가하지 마라! 그녀들은 좀 더 영리해지는 것만이 아니다. 또 단지 이기적 즐거움을 누리게 되는 것만이 아니다. 그들은 혼자서도 아주 잘 지낼 수 있게 될 것이다. 혼자 있는 것, 자신의 환상과 작가의 환상만이 만나게 되는 것이 독서가 주는 커다란 기쁨 중의 하나다. 책 읽는 아이에게 생기는 일과 비슷한 과정이 독서에서 일어난다. 아이의 어머니는 처음에는 아이가 책을 들고 조용히 구석에 앉아 있기를 바라지만, 나중에는 책 읽는 아이는 기르기 어렵고 평범한 아이가 아니며 독서를 통해 자신을 둘러싼 세계에서 벗어나려는 반항적인 아이가 된다는 사실을 확인하게 된다. 세상 사람들은 그런 것을 좋아하지 않는다.

《책 읽는 여자는 위험하다》 슈테판 볼만 P.263

내 아이는 책을 읽으면서 기르기 힘든 아이로 자랐다. 친정엄마도 내게 말한다.

" 내 품에서 나왔지만 나와 다른 삶을 사는 네가 대단하고 기특해. 딸이지만 어려울 때가 많아."

친정엄마와 나는 끊어진 시간을 연결하기 위해 마주하며 배워야 하는 사이다. 딸과 나는 책 읽는 여자로 산다. 세상이 아이와 나를 위험하게 여긴다 할지라도 우리를 둘러싼 프레임을 하나씩 천천히 꾸준히 바꿔가는 사이로 살고 있다. 문제는 늘 우리 곁에 있다. 다만 책을 통해 해결책을 찾는 법을 우린 배워가는 중이다.

제 3 장

엄마도
엄마는
처음이야

01

육아 귀신 물렀거라

6살이 된 아이가 선택해서 동화책 만들기 수업을 시작했다. 아이의 동화책은 일상을 담은 스토리와 그림을 재료로 만들어졌다. 학원 주최 전시회가 열렸고 아이는 작품이 진열된 곳을 찾느라 분주했다. 동화책에 들어가는 그림 중 하나가 액자 속에서 자태를 뽐냈다. 열심히 준비한 작품을 자랑하느라 아이는 어깨에 뽕을 가득 넣고 의기양양했다. 집에서는 보기 힘든 완성작이었다. 집에서 그린 그림은 완성이 목적이 아니라 즐거워서 하는 일이라 미완성의 습작이 대부분이다. 미완성의 그림과 완성된 작품 둘 다 아이의 시간이 고스란히 묻어나지만 아무래도 완성작을 보면 미소가 깊어졌다.

"엄마, 이상해. 이건 내 작품이지만 내 그림이 아니야. 열기구에 검정 선을 그려 넣은 적이 없어. 구름도 이렇게 많지 않았어. 그리지 않은 터치가 왜 내 그림 속에 있지?"

여진이는 자기 작품에 의문을 품었고, 엄마는 40명 남짓 아이들의 시간과 마음이 담긴 작품을 찬찬히 둘러 봤다. 그림과 내용이 거의 비슷했고, 유난히 두드러진 특징 있었다. 그림에 관한 지식이 없고 어린 시절 미술 시간이라면 쥐구멍을 찾고 싶은 나였지만 그림을 보면서 몇 가지 손동작이 느껴졌다. 아이들이 쏟은 시간과 마음을 전시하면서 가장 중요한 아이들의 노고를 생각하지 않은 전시회였다. 덧칠을 통한 완성의 기술은 나중에 배워도 된다. 있는 그대로 자신의 작품을 비평 없이 바라보는 관점을 익히는 것이 더 중요하다. 예술은 기술보다 나다운 관점을 묵묵히 유지하는 뚝심이 있어야 한다. 뚝심에 기술과 요령이 더해질 때 빛난다. 뚝심 세우는 과정에 덧칠 피드백은 무의미하다.

육아는 백지 위에 아이가 그림 그리는 과정과 닮았다. 한 장으로 인생을 채우는 것이 아니다. 아이는 무수히 많은 고급 종이를 품은 스케치북이다. 미완성의 그림을 가득 품기도 하고, 어떤 그림은 완성되어 아이의 낙관이 찍힌 작품도 있다. 아이들은 습작을 만들고 낙관도 스스로 찍어야 한다. 낙관을 찍는 순간을 부모는 정할 수 없다. 엄마 눈에 미완성의 습작이지만 아이가 완성작으로 여기면 그것으로 충분하다. 육아가 힘든 이유는 시작과 끝을 엄마가 정하기 때문이었다. 시작은 정할 수 있지만, 끝은 아이에게 맡기면 편해진다.

7살 이전에는 엄마와 아이는 함께 순간순간을 그림으로 담는다.

아이들은 부모를 사랑하니까 어떤 그림을 그리든 행복해한다. 엄마 주도 그림이 그려지기도 하고 아이의 힘을 가득 담은 그림이 완성 되기도 한다. 어떤 그림이든 아이와 함께하는 순간이 많기에 신경 써야 할 부분이 많다. 하지만 그림의 완성도는 엄마의 능력에 따라 좌우된다고 생각하면 어깨를 짓누르는 부담으로 다가온다. 언제부 터 육아 귀신을 모시고 살았을까? 육아 귀신은 잘 키우고 싶은 욕 심만큼 엄마를 괴롭혔다.

아이를 잘 키운다는 의미는 무엇일까? 사회가 정해둔 기준을 중 요한 가치로 여겼다. 입은 아니라고 말하면서 머리는 누구나 잘했 다고 봐주는 결과물에 집착했다.

육아 귀신의 힘을 약하게 만드는 세 가지 부적이 있다.

첫째, 아이는 수십 장의 백지를 간직한 스케치북이다. 습작이 많 아야 멋진 작품이 탄생한다. 뭐든 아이가 스스로 결정하고 기다려 주는 인내심이 요구된다. 엄마 눈으로 아이를 바라본다고 완성작 이 빨리 만들어지는 것은 아니다.

둘째, 아이는 언젠가 스스로 낙관을 찍고 마무리한다. 마무리는 엄마가 정하는 것이 아니라 아이가 정한다. 엄마는 아이가 그린 그 림을 최고의 해석으로 함께 기뻐하면 된다.

초등 2학년 때쯤 기회를 주고 싶었는데 생각보다 빨리 7살이 되었을 때 피아노 배우길 원했다. 시작하면 어느 정도 연주가 가능할 정도의 실력이 쌓일 때까지는 힘들어도 참고 견디는 연습이 필요해서 아이와 함께 세 군데에서 피아노 수업 상담을 받았다. 처음 상담 받은 곳은 5분 거리의 아파트 상가에 있는 피아노 학원. 나름 사회생활로 긴장한 아이를 위해 집에서 휴식을 취하고 여유 있게 수업 시간을 정할 수 있는 장점이 있었다. 두번째는 동네에서 유명한 대형 음악 학원이었다. 화려한 커리큘럼, 아이가 원한다면 한 곳에서 여러 악기를 배울 수 있는 환경이었다. 다만 원하는 시간이 아닌 정해진 시간에 학원차를 타고 움직여야 하는 단점이 있었다. 세 번째 방문한 곳은 일반 가정에서 피아노 6대를 방과 거실 사이에 두고 운영하는 작은 규모의 가정 교습소이었다.

"세 번째 학원 선생님께 배우고 싶어. 앞에 두 학원 시설은 좋지만, 칸막이가 있어서 연습하는 동안 지루하면 딴짓할 것 같아. 연습하는 언니 오빠들을 살짝 봤어. 혼자 있으면 지루하고 심심해서 연습에 집중하지 못할 것 같아."

"일정한 기술을 익히고 터득하는 시간이 필요해. 칸막이가 단점으로 보이지만 초보에게는 자신의 소리 듣기에 딱 좋은 조건이야. 엄마가 플룻 배울 때 다른 분들 소리에 묻혀 내 소리가 들리지 않았어. 각양각색의 음에 엄마 소리가 묻혀 못하는 것이 티 나지 않아 좋은 점도 있었지만 내 소리를 온전히 들을 수 없어 불편했어."

"세 번째 간 곳은 산만하지만 연습하는 언니 오빠들이 다 즐거

위 보였어. 여러 사람이 피아노를 동시에 치지만 맑고 좋은 소리를 들을 수 있으니 지루하지 않고 행복할 것 같아. 실력있는 언니 오빠 소리 들으면 힘이 날 것 같아."

아이의 판단을 믿고 허락해야 하는데 이왕이면 화려한 곳에 보내고 싶었다. 일주일 아이를 설득하려 노력했지만 실패하고 아이가 원하는 곳에서 만 3년을 다녔다. 배움의 주체는 아이고 엄마는 응원하면서 옆을 지키면 된다. 단순한 문장을 실천하면서 사는 것은 참말로 어렵다.

아이와 엄마의 관점은 다를 수 있다. 엄마가 나무를 보고 숲을 보지 못하는 사이 아이는 거대한 숲을 한눈에 담기도 한다. 엄마가 나무와 숲을 동시에 보면서 앞길을 여는 육아였다. 육아는 진보해야 한다. 아이의 의견을 적극 반영하면 고비마다 배움의 깊이는 넓고 깊어진다. 아이는 어른과 생각하는 방식이 다르다. 또한 엄마 생각이 아이보다 우위에 있다고 여기면 시간이 갈수록 육아는 힘들어진다. 엄마가 정해놓은 틀에 들어가지 않으려 아이들은 엄마가 생각한 것보다 더 많은 에너지를 쓴다. 반항을 밥 먹듯이 할지도 모른다. 반항은 건강하게 성장하는 증거다. 반항을 자식과 부모 사이의 트러블로 착각해선 안 된다. 아이는 자신이 괜찮은 결정을 하고 선택한 일에 몰입하는 경험을 하면서 멋진 사람으로 인정받는 시간을 갈망한다. 반항이든 의견이든 아이의 마음을 적극 수용하는 여유가 필요하다.

육아 귀신 힘의 무력화 시키는 셋째, 부적은 "네 생각은 어떠니?" 묻는 것이다. 질문하지 않으면 아이의 생각을 알 길이 없다. 아이 역시 생각을 표현하지 않으면 어떤 마음으로 살고 있는지 모른다. 아이의 생각을 물어도 금방 좋은 엄마가 될 수는 없다. 아이의 좋은 의견을 듣고도 일주일을 넘게 욕심을 버리기 위해 괴로워했다. 유명한 학원에 보내는 것이 우리 집 조건에 딱 맞다고 여겼으니까. 욕심을 버리는 동안 아이와 마음거리를 좁힐 수 없는 엄마인가 자책했다. 그럼에도 생각의 간격을 좁혀가는 소통 기술을 배우게 된다. 나처럼 욕심 버리는 데 에너지를 쓰느니 아이의 의견을 빨리 따르고 행동하는 것이 더 유리하다. 엄마의 틀에서 생각할 수 없는 마음과 시간을 얻어야 힘든 고비를 넘긴다. 힘든 육아 고비를 빨리 넘어서는 방법은 간단하다. 아이를 믿고, 아이와 함께 신속하게 결정하고 행동하는 것이다. 아이의 선택이 쌓여 오늘을 만들었다. 선택하고 책임지는 일상도 습관이다.

02
각자의 시간을
즐길 줄 아는 부모

17년 전 에어컨 빵빵하게 나오는 강의실에서 하루 10시간 논스톱 수학 강의를 하는 동안 남편은 주택 2층 안채에서 이력서를 쓰고 있었다. 주택 2층 안채는 호화롭다. 현실은 천장 지열로 여름은 사우나, 겨울은 추위와 맞서야 하는 열악한 공간이었다. 남편은 사업하다 2년쯤 고생하고 접었고 새로운 일자리를 찾는 중이었다. 12평 스탠드형 에어컨을 거금 주고 선물했다. 매일 밤낮 자기소개서를 쓰는 남자, 실패의 쓴맛을 본 남자에게 시원한 바람과 함께 앞길을 잘 찾아가길 희망한 여자의 배려였다. 2년 후 우린 결혼했고 에어컨은 5번의 이사와 함께 거실에서 부부의 역사와 함께했다. 부부의 사는 모습을 가장 오래 지켜본 물건이며 장식품이었다. 17년 만에 새 에어컨을 구입하면서 남편을 향한 배려 깊은 여자의 마음을 돌아봤다.

남편은 에어컨이다. 인생을 걸고 남편을 내 공간에 들였다. 결혼

할 때 생각의 크기가 딱 100만원만큼이었기에 더 좋은 성능의 에어컨을 알아보지 못했고, 돈도 없었다. 지금의 남편은 누구의 탓도 아닌 내 선택의 결과다. 합리적인 선택은 결정할 당시에 평가되는 것이 아니라 선택이 만들어내는 결과와 과정 속에 빛난다. 어설픈 선택이라도 상관없다는 의미다. 처음 구입하고 바로 다음날부터 AS를 불러야 하는 기막힌 상황도 현실에서는 일어난다. 핵심 하자가 아니면 반품도 불가능이다. 연애 중에는 남편은 나를 잡아야 할 여자였기에 민감하게 반응했다. 잡히고 보니 '우리의 사랑이 이 정도밖에 되지 않니?' 매 순간 따지고 싶었다. 살아보니 자연의 이치가 그렇다. 팔딱거리는 연애의 감정으로 17년을 산다는 부부가 있다면 거짓말이거나 100년에 한번 나오는 천생 연분이다.

사랑은 아주 자주 급격히 변한다. 변화에 빠르게 민감하게 적응하는 것이 사는데 유익하다. 바깥 온도가 35도 넘을 때 에어컨의 희망온도를 24도에 맞추면 어떻게 될까? 전기세 폭탄. 외부 온도와 차이가 급격하게 나면서 기계도 적응하기 힘들어 전기를 많이 쓴다. 남편도 마찬가지다. 희망온도를 천천히 낮춰야 한다. 남편에게 원하는 것이 있다면 단계에 맞는 접근법이 필요하다. 아직은 육아를 돕는 남편보다 멀리 떨어져 기특하게 성장하는 아이를 보고픈 남자가 더 많다. 서점가에는 아빠 육아가 유행이지만 주변을 돌아보자. 주도적으로 육아를 돕는 남자가 얼마나 되는가?

적극적으로 육아를 돕는 남자가 대세라고 여기지 말자. 내 팔자에는 야무지게 아빠표 육아를 진행하는 남자는 없다. 오히려 속이 편해진다. 엄마가 주도적으로 육아를 진행하면서 서서히 남편 온도를 내리면 전기도 덜 먹고 어느 날 시원함을 빵빵하게 주는 에어컨이 된다. 에어컨은 말이 없어서 이집 저집 비교해 봤자 답이 없다. 성능 떨어지는 에어컨에 내 속만 상한다. 하지만 소신을 갖고 육아에 주도성을 발휘하면 어느 날 예상치 못한 청량감을 뿜어주는 남편이 집안에서 무게중심 잡고 서 있다.

이사 변수가 있을지 생각하지 못했다. 5번 이사했더니 이전 설치비가 구입비용을 넘어서는 사태가 벌어졌다. 사용빈도가 적어 성능은 멀쩡하니 버리지도 못하고 애물단지 취급을 받았다. 사는 것은 예측 불가능한 일이 더 많다. 남편과 함께하다 보면 싸울 일이 곳곳에 있다. 그럼에도 자리를 옮겨 설치해야 무더위를 만났을 때 쉬어가는 타이밍이 허락된다. 집집마다 상황이 다르니까 정답은 없다. 육아는 두 사람이 만든 축복을 배로 불려가는 과정이다. 축복은 아무에게나 허락되지 않는다. 에어컨 있으면서도 여름이면 견디기 내공을 발휘하는 집이 얼마나 많은가? 견디는 것보다 사용하는 방법을 익히는 것이 현명하다. "오뉴월 감기는 개도 아니 앓는다." 남편 에어컨을 막 쓰면 냉방병으로 고생한다. 적당히 현명하게 부려먹는 방법을 터득하자. 육아로 휴식이 필요하면 남편은 경제를 짊어진 부담과 가사분담의 부담까지 힘들다. 역지사지를 발휘하여 가끔은 통 크게 휴식을 허락하면 건강한 바람을 만날 수 있다.

새로 산 에어컨에 인공지능이 포함되어 있다. 사람의 움직임에 따라 바람의 방향을 바꾸고 온도를 조절하여 전기는 덜 먹고 쾌적한 바람을 제공한다. 남편은 최신형 인공지능 에어컨보다 탁월한 성능을 가진 사람이다. 남편 마음은 아내의 사랑 씨앗이 무럭무럭 자라는 비옥한 토양으로 이루어져 있다. 다만 우린 자주 잊고 살 뿐이다. 특히 육아에 지치면 남편 사랑은 송두리째 잊고 불만과 불평만 남는다. 엄마도 처음이라 서툴고 아내로 사는 것도 어설프다. 나의 부족함을 있는 그대로 인정하면 남편이 나보다 하나라도 나은 모습이 보인다.

유치원에서 1박 2일 캠프 하는 날, 우린 만 5년 만에 처음 단둘만의 저녁시간을 보냈다. 아이를 마음 편히 맡기고 둘만의 밤을 보낼 여유가 없었다. 엄마와 처음 떨어져 자는 여진이의 마음은 어떨지 궁금했다.

"충분히 사랑받고 자라서 이 시간을 귀하게 쓰고 있을 거야. 함께 못하는 상황인데 걱정하는 것은 시간낭비야. 각자의 시간을 즐길 줄도 아는 것은 부모된 도리야. 함께 있을 때 충분히 사랑하고 내 품을 떠날 때를 위해 온전히 내 시간을 즐기는 법을 미리 배우자."

육아에 지칠 때면 과거의 밝고 아름다운 시간이 유난히 선명하게 떠오른다. 그립다. 그때로 돌아가고 싶은 욕구가 쓰나미처럼 몰려온다. 가끔은 화려했던 과거나 밝은 미래 때문에 현재의 나를 잊는다. 오늘의 시간을 잘 살아야 과거도 미래도 빛난다. 남편과의 화려했던 시간이 그립다면 아이와 함께하는 현재를 더 충실히 살아보자. 껌딱지처럼 붙어 내 곁을 떠날 기미가 보이지 않던 아이는 벌써 나를 떠날 준비를 하는지 일 년에 며칠씩 집을 비운다.

아이와 온전히 함께할 수 있는 시간이 결코 길지 않다. 이렇게 빨리 각자의 삶을 살게 될 줄 미리 알았으면 조금은 더 잘해줄 걸 후회의 시간이 밀려온다. 만 5년, 여진이와 365일 중 잠시 떨어지고 싶은 날이 있을지언정 함께했다. 같이 있어야 한다는 강박을 가졌을 때는 시간이 참 느리게 갔다. 아이가 내 품을 떠나 생활하는 시간이 길어질수록 시간을 멈추고 싶은 열망도 생긴다.

시간은 쉬지 않고 흐른다. 주어진 시간에 최선을 다해 살아본 사람만이 가슴 깊이 간직한 추억으로 앞으로의 시간도 의미있게 살아간다. 나를 미치게 했던 육아가 나중에는 '귀한 추억으로 남는다'로 기억하고 싶다. 주어진 시간에 최선을 다해 사는 것만이 그리움에서 자유로워진다. 오늘 이 시간도 언젠가는 그리움으로 사무치는 날이 될 테니까. 가족은 함께할 때 귀하고 값진 인연이 된다.

03
체력이 우선이다

2016년 12월에 방송된 다큐 KBS 스페셜 〈앎〉은 3부작 구성이며, 4기 암을 진단받은 젊은 엄마들이 주인공이다. 1부 '엄마의 자리'는 잔인한 삶에 서 있는 젊은 엄마들이 생과 사의 경계에서 보여주는 위대하고도 안타까운 이야기를 다뤘다. 2부 '서진아 엄마'는 중학교 음악 교사로 근무했던 서진이 엄마의 슬프지만 아름다운 이별을 준비하는 과정을 담담하게 그렸다. 3부 '에디냐와 함께한 4년'은 한국 최초의 호스피스 현장에서 환자와 수녀가 경험한 삶과 죽음에 관한 이야기를 고민한다.

젊은 엄마들의 바람은 소박했다. 삶의 끝을 예감하고 어린 자녀와 가족을 남기고 죽음을 준비하는 모습은 안타까웠다. 보는 내내 눈물샘에 구멍이 뚫렸다. 남자라면 세 번만 우는 것이라 교육 받은 남편의 눈물샘도 한없이 자극했다. 죽음이라는 거울에 나를 비춰보고 매일 의미 있게 산다면 나중에 조금은 덜 아쉽지 않을까? 〈앎〉은 엄마, 삶, 투병, 죽음이라는 4가지 키워드를 던져줬다. 또한 남겨진 아이들이 엄마 없는 빈자리의 서러움을 주변이 따뜻하게 채워줘 행복한 삶을 살고 있길 진심으로 바란다. 사는 것에 지칠 때 다큐를 보면서 다시 일어설 힘을 얻는다. 내가 얻은 선물만큼 남겨진 아이들이 웃으며 살 수 있는 사회가 되길 기도해 본다.

독립하여 내 품을 떠나기 전까지는 딱 반나절만 아이보다 긴 수명이 허락되었으면 좋겠다. 성장기에 엄마가 없다는 것은 마음에 큰 짐이다. 누구도 채워줄 수 없는 거대한 구멍이다. 햇살 가득한 날 엄마 무릎 위에 누워 살살 긁어 귀지를 파주시던 엄마의 손길을 마흔 넘어도 잊을 수 없다.

'어머니가 네 귀를 긁어줬을 때는 지금보다 훨씬 작았을 텐데. 요령이 좋으신 건지, 사랑의 힘인지.' 신기한 것은 면봉을 쓰면 엄마 생각이 떠오르지 않는다. 그런데 남편 무릎 위에 누워 있으면 엄마의 숨결이 30년이 지났지만 생생했다. 아이 마음속에 엄마의 손길은 소박하고 평범한 일상에서 각인된다. 큰 걸 주려고 다그치고 노력하는 일상 말고 누구도 줄 수 없는 엄마의 온기를 아이에게 남겨야 하지 않을까? 마음에 자리 잡은 엄마의 빈자리만큼 육아에 집중했다. 크리스마스 선물처럼 전해진 '앎'을 통해 체력에는 신체적, 정신적 요소 두 가지가 있음을 알아차린다.

늘그막에 생기는 질병은 모두 젊었을 때 불러들인 것이고, 쇠한 뒤에 생기는 재앙은 모두 성했을 때 지어 놓은 것이니라. 군자는 그런 까닭에 가장 성했을 동안에 미리 조심하느니라. 《채근담》

좋은 엄마가 되기 위해 정신 관리는 하면서 신체 관리는 소홀히 했다. 아니 언제나 건강한 몸으로 일상을 살 것이라는 오만함이 있었다. 잠 줄여 육아에 신경 쓰고 짬짬이 자기 계발하며 멋진 미래를 꿈꾸느라 노화에 이르는 몸을 느끼지 못했다.

돈 잘 버는 엄마로 기억되고 싶어 애쓰는 사이 서서히 진행된 아픔은 극심한 통증으로 변했다. 통증으로 잠 못 이루는 밤을 2년 보냈다. 목뼈 사이에 디스크가 이탈하고 파열되어 신경을 압박하고 눌러 일상에 어려움을 겪는 다발성 목디스크가 왔다. 자주 몸이 아프면서 밝은 얼굴로 아이를 마주하기 어려웠다. "괜찮아질 거야." 멘탈 관리하지만, 신경을 타고 전해지는 통증은 한없이 날카롭게 만들었다. 엄마의 통증은 아이에게 납득 안 되는 훈계와 화가 난 엄마로 전해졌다. 정신력으로 모든 걸 이룰 수 있다고 생각했던 오만은 몸이 아프고 산산히 깨졌다.

건강한 신체에 아름다운 정신이 깃드는 법. 육아에 지친 이유는 건강한 신체가 아니었기에 오는 힘듦이었다. 신체적 체력이 바닥이라 남들보다 더 빨리 지치고 감정 기복을 항시 느꼈다. 다른 엄마가 아이 업고 1시간을 유지할 수 있는 체력이 있다면 나는 10분을 참지 못하고 아이를 눕혔다. 아기는 깊은 잠에 빠져들었을 때 포근한 이불 위에 눕혀도 깬다. 10분은 깊은 잠들기에 부족한 시간일 텐데 참지 못하고 아이를 몸에서 분리했더니 귀신같이 알고 엄마 품을 그리워했다. 유아기 엄마라면 누구나 손목 통증과 어깨 뭉침, 근육통을 호소한다. 그럼에도 강인한 체력을 가진 엄마는 감정기복이 덜하다. 감정기복의 원인으로 '저질 체력'이 한몫했다. 위트와 유머가 넘치는 영국 수필가로 유명한 조지프 에디슨은 "건강과 명랑은 서로가 서로를 낳는다"고 했다. 건강이 명랑을 낳는데 신체적 건강은 당연한 일이라 여기고 정신적 건강만 챙겼더니 균형을 잃었다.

살펴보면 누구에게나 감정 기복을 자주 경험하는 시간대가 있다. 나는 야행성 생활 패턴으로 아침 시간이 괴롭다. 새벽까지 깨어있는 것이 식은 죽 먹기라면 새벽에 일어나는 일은 못생긴 개구리를 생으로 먹는 기분이다. 그래서 아침과 저녁에 아이 행동에 대한 엄마의 대응방법이 달랐고 일관성을 자주 잃었다. 그 뒤에는 피로가 숨어 있었기 때문이다. 기초 신체 체력은 엄마의 피로 관리에서 시작된다. 엄마도 사람이라 하고 싶은 일이 많다. 아이가 낮잠에 빠지면 눈은 번쩍, 정신은 맑아진다. 각종 SNS 정보 속에 행복과 좌절을 헤매다보면 아이가 슬슬 일어날 준비를 한다. 아이가 꼼지락거리면 그때야 엄마는 잠이 쏟아진다. 조금만 더 자자. 토닥이지만 잠이 깬 아이는 벌써 밉상으로 변했다. 엄마의 피로가 아이를 밉상으로 만들었다.

좋은 엄마는 넉넉한 체력 통장이 있다. 균형 잡힌 몸을 가진 엄마가 통장에 1억을 가지고 있다면 나는 통장에 100만원 있었다. 아이는 늘 넉넉하고 건강한 엄마의 체력 통장을 원한다. 1억 가진 엄마가 아이에게 체력 1,000만원을 지출하면 통장에 살짝 스크래치 난다. 체력 통장에 100만원 있는데 아이가 그 이상을 요구했다. 해줄 수 있는 것이 적었다. 체력 통장에 잔고가 많은 엄마는 강한 요구에 발 빠르게 대응하지만 마이너스 체력 통장을 가진 엄마는 아이를 밉상으로 만들고 부채에 시달린다. 엄마가 즐거워야 아이가 행복하다는 것은 누구나 아는 사실이다. 하지만 체력 통장에 차곡차곡 자산을 쌓아야 아이도 행복할 수 있다는 걸 실천하는 엄마는 드물다. 고통을 줄이는 길은 정신적 체력 쌓기만으로 해결되지 않는다.

저질 체력이라 시간 내서 운동하면 지쳐서 중요한 일을 처리하지 못했다. 운동을 해야 하는 것은 알지만 길게 할 수 없었던 이유는 뭘까? 나와 맞는 운동을 찾지 못했기 때문이다. 무리하지 않는 범위 내에서 강도를 서서히 높여야 하는데 내 몸을 알지 못하니 운동 성과를 위해 독기를 품고 움직였다. 운동이 아니라 노동이었고 악을 쓰며 견뎌야 한다는 마음으로 접근했더니 포기가 친구 삼자 자주 재촉했다.

일상의 빠른 속도에 물들어 우리 몸은 정직하다는 사실을 항시 잊고 산다. 일정한 시간, 일정한 강도의 운동이 이루어졌을 때 우리 몸은 변한다. 빨리 운동 효과를 보고 싶어서 처음부터 최선을 다해 강도를 높였다. 그러자 지속력을 잃었다. 운동도 습관처럼 몸에 익숙해지는 시간이 필요하다. 하루 일과 중에 운동 시간을 계획하고 완성 기간은 일주일만 잡는다. 7일 운동하기 위해 무던히 애쓴다. 일주일 계획을 행동으로 옮기는 것도 쉽지 않다. 길게 운동하기 위해 욕심 부리지 않는다. 운동했다는 것에 초점을 맞춰 도전하고 또 시도한다. 몸이 익숙해지는 날이 오면 서서히 몸은 변한다. 천천히 지속적으로 몸이 익숙해져야 건강한 육아의 기초 체력에서 형성된다.

앞에서 만난 37살 엄마는 자궁경부암 4기였다.

"아이 학교 입학하는 것도 봐야 하고, 교복 다림질도 해줘야 하고, 나중 남자친구 상담도 해줘야 하고, 딸들 아기 낳을 때 같이 호흡도 해 줘야 하는데… 지금 말고 조금만 더, 아이들이 사람 구실할 수 있을 때까지만 살게 해 주세요."

오늘은 젊은 엄마가 그토록 간절히 소망했던 하루다. 아이와 함께하는 시간과 공간이 기적임을 마음에 담고 건강한 일상을 위해 한 걸음씩 가볍게 시작하면 된다.

04
다이어트는
필수

육체의 건강보다 정신의 고결을 애써 포장하며 다이어트를 멀리하고 살았다. 다이어트 때문에 좋아하는 고기로 배부른 상태를 즐기는 시간을 포기하고 싶지 않았다. 육아와 밥벌이로 지칠 때 다이어트까지 요구하는 것은 차마 몸에 못 할 짓이다. 나이 35살에 접어들어 절실함을 안고 생애 첫 다이어트에 성공했다. 하고 보니 다이어트는 자신감 회복의 지름길이었다. 이제 남편과 다녀도 연상이냐고 묻지 않는다.

"뼈가 예쁘게 생겼네요."

30년을 넘게 '통뼈'인 줄 알았다. 자주 내 덩치를 거론했기에 그리 믿었다. 체중 감량을 하고 보니 전부 지방이었다. 사람들은 보이지 않는 것을 보는 통찰력이 있는지 나도 모르는 뼈 구조를 논했다. 사람들은 이런 막말을 하고 산다. 익히 알고 있는 것들이 진실이 아닌 경우가 허다하다.

365일 다이어트가 일상인 엄마는 주변에 많다. 다이어트 성공의 비결은 단순하다. 100일 몰입하고 1,500일 유지해야 뇌가 몸을 기억한다. 체지방 줄이는 다이어트 성공을 위한 동기부여에 도움 가득한 책 한 권이 있다. 일본의 전설적인 운명학자이자 사상가 미즈노 남보쿠가 지은 《절제의 성공학》을 추천하고 싶다. 그는 폭식은 패가망신의 지름길이라 말한다. 배가 불러도 먹고 닥치는 대로 아무거나 먹는 사람은 흐트러진 행동을 자주 보인다. 음식 앞에서 절제를 배우면 육아도 인생도 쉬워질 것이라 말한다.

엄마는 다이어트가 필수다. 체중 줄이는 다이어트 말고 아이를 위한 절제를 이야기하고자 한다. 두 가지 성공하면 체중 줄이는 것은 시간문제다.

엄마에게 필요한 첫째는 관점 다이어트다. 체중 다이어트와 육아의 흐름은 같다. 쉽게 가려고 하면 잠시 표가 나지만 오래 버티지 못한다. 돈보다 중요한 것을 물려주려 할 때 아이는 엄마를 통해 보이지 않는 귀한 경험을 쌓는다. 독서 사교육보다 엄마가 직접 책 읽어주는 것이 더 어렵다. 돈으로 해결하는 육아는 쉽다.

밥벌이와 육아 중 어떤 것이 어려울까? 나는 액수와 상관없이 돈 버는 일이 쉽다고 생각한다. 일은 에너지를 투자하면 통장에 결과물이 차곡차곡 쌓인다. 보통 통장에 찍힌 숫자를 보면서 '열심히 살았구나' 판단한다. 그에 비하면 육아는 갈고 닦아도 어느 순간까지 통장에 숫자 하나 바뀌지 않는다. 훗날 독서 습관이 잡히면 엄마는 사교육비와 시간에서 자유를 얻는다. 쉽게 가는 것, 돈으로 해결하는 것은 나중에 해도 된다. 어떤 관점으로 육아를 바라보는지 점검이 필요하다.

행복한 육아를 고민했지만, 남들이 만들어둔 관점으로는 나만의 행복을 찾을 수 없었다. 관점이 협소하면 행복을 보고도 불행으로 착각한다. 같은 사건을 두고도 다양한 관점을 지닌 사람은 해석이 달라져 행복감이 높다. 엄마의 관점 다이어트가 아이를 행복하게 한다. 익히 알고 있던 것들이 행복을 방해하는 장애물인 경우가 많다. 아이의 행복을 위해 질문하는 엄마는 최소의 비용으로 행복 만족도를 높이기 위해 시간과 마음의 주인이 된다. 행복한 엄마는 자기 전문가다. 주입된 관점에 끌려다니면 바쁘다. 지나고 보니 육아에서 돈으로 해결되는 일은 의외로 효율이 낮았다. 다양한 관점을 접하고 필요한 것을 취사선택할 줄 아는 엄마가 되면서 '나 전문가'의 길을 걸을 수 있다. '나 전문가'는 아이에게 자연스럽게 자기 전문가 되는 길을 전수한다.

명절에 만원 지폐를 얻으면 세상을 얻은 듯했다. 요즘은 노란 배추 잎 받고 싶어 한다. 신사임당이 오만원 지폐에 그려진 모습을 보면 씁쓸한 생각이 든다. 육아와 돈을 동시에 가져야 멋진 아내라는 인식을 당연하게 받아들이는 세상이다. 신사임당을 품은 오만원권은 사회가 바라는 엄마를 표현한 것 아닐까? 최고 아내의 조건은 맞벌이 부부라 한다. 물론 나도 당연하게 생각했고 슈퍼파워 워킹맘을 꿈꾸며 몸을 불태웠다. 내 아이가 원하는 엄마는 사회가 바라는 모습이 아닐 수 있다. 그냥 옆을 지켜주는 마음이 통하는 사람으로 함께하길 바랄 수도 있다. 아이를 웃게 하는 관점은 적극 수용하고 불안을 만드는 관점은 과감히 버리자. 다이어트가 쉬운 일이 아닌 것처럼 관점을 바꾸는 과정에서 불안과 초조는 당연한 일이다. 모든 생각을 낯설게 바라볼 때 관점이 넓어지고 불안과 두려움은 차차 줄어든다.

두 번째는 정보 다이어트다. 특별한 날이 되면 고급 뷔페로 간다. 아름다운 음식을 마주하면 별천지에 도착한 기분이다. 짧은 시간 만족도가 높다. 뷔페 가기 전에는 속을 살짝 비운다. 기대감을 안고 가는 곳이라 다양한 맛을 즐기고 싶다. 식사를 마치면 행복하지만, 다양한 맛을 즐기지 못했다는 아쉬움이 남는다. 포만감이 원망스럽기도 하다. 육아 정보도 뷔페마냥 넘쳐난다. 교육 정보량은 하루가 다르게 변한다. 발 빠르게 대응하지 못해서 죄책감이 들었다. 엄마의 정보가 '아이의 미래를 결정한다'는 불안감을 심어주는 겉만 화려한 정보가 많다.

가베 놀이, 독서 교육을 위한 자격증을 얻었다. 엄마가 최고의 선생님이 되면 좋을 것 같아서 시간 쪼개어 교육받았다. 배우면 뭐든 남는다. 정보를 얻기 위해 뛰어다닌 시간만큼 경험이 쌓였다. 실패를 통해 나와 맞지 않은 것을 찾았다. 하지만 얻는 것이 있으면 잃는 것도 있는 법 불안은 높아졌다.

엄마가 교육 정보를 빠르게 흡수하는 동안 아이의 행복한 뒹굴거림을 허락하지 못하고 뭐든 배워서 남겨야 한다는 강박을 심어줬다. 멍하니 딴 생각하는 아이를 바라보면 쓸모 있는 행동을 해야할 텐데 잔소리하고 싶어 입이 간질간질, 빈 시간을 허락하지 못하는 조급증이 찾아왔다.

반면 아이는 집중과 몰입 후 멍하게 쉬어주는 타이밍이 필요하다. 엄마 주도로 이루어지는 몰입보다 아이 스스로 찾아 집중과 몰입을 발휘했을 때 행복과 성취감이 배가 된다. 양질의 정보를 찾기 위해 시간과 에너지를 쏟고 배운 대로 전수하는 엄마보다 아이의 멍한 시간을 허락하는 엄마가 나중에는 웃을 일이 더 많은 것 같다.

여진이는 꽃을 사랑한다. 나는 특별히 꽃을 사랑하지 않았다. 아름다움을 느끼지 못했기에 봐도 감동이 없었다. 자세히 보아야 예쁘고 오래 보아야 사랑스럽다는데 감동할 여유가 없었다. 쓸모있는 일을 사랑했기에 꽃을 바라보며 감동하는 아이가 신기할 뿐 동참하여 함께 즐겨주고 싶은 아량은 부족했다.

길가에 핀 꽃을 사랑스러운 눈빛으로 자세히 관찰한 아이는 수학 기호를 해석했다. 아이는 수십 가지의 꽃을 구분하고 관찰하는 것에 많은 시간 투자했다. 구분하고 분류하는 힘이 수학과도 연결되었다. 교집합(∩,∪), 원소와 집합의 포함 관계(∈,∋), 부분 집합 관계(⊂,⊃) 등 중학교 과정에 나오는 요상한 기호를 구분해냈다. 자연은 자연스럽게 교과 공부와 연계된다. 관찰을 통해 차이와 공통점을 찾아내는 힘이 곧 공부 그릇이다. 즐겨보는 수학 그림책 있었고 자연을 통한 관찰력이 학습에 밑거름이 되었다. 선행학습으로 길들여진 아이들이 혼돈을 겪는 기호다.

아이들은 어른과 다르다. 또한, 세상은 모든 것이 연결되어 있다. 아이들이 엄마 마음에 들지 않는 행동을 하더라도 아이가 즐거워서 몰입한 일은 다음에도 영향을 준다. 수학을 잘하기 위해 선행학습하고 양질의 정보로 아이를 길들인다고 원하는 성적을 얻는 것이 아니다. 여진이가 익숙하지 않은 수학을 받아들이는 힘은 하고 싶은 일에 몰입한 경험 덕분이다. 낯선 것에 거부감이 없다. 공부나 인생은 낯선 것들의 향연이다. 낯선 것을 받아들이고 이해하는 과정이 공부다.

정보량이 많아도 엄마가 불안하고 초조하지 않다면 상관없겠지만 사람은 의외로 나약하다. 좋은 것을 얻는 것 같지만 불안은 늘 덤으로 따라온다. 아이는 좋아하고 끌리는 일을 경험하는 과정에서 내공이 쌓인다. 엄마 눈에 쓸모없는 과정일지라도 축적된 내공이 살아가는 순간 예기치 못한 힘을 낸다. 양질의 정보를 찾아 헤매는 시간에 엄마는 아이의 눈빛을 읽고 따라가는 연습을 해야 아이가 가진 잠재력을 발휘하며 산다. 아이의 눈빛 읽기는 많은 정보를 요하지 않는다. 내 아이에게 딱 맞는 정보는 아이가 가장 잘 알기 때문이다. 아이의 경험이 엄마의 정보력보다 강력한 힘을 가진다. 정보 다이어트는 엄마의 불안을 잠재우고 아이의 역량을 키우는 바탕이 된다.

05
아이에게 선택받으려면?

"아빠 기다리거나 혼자 잘 거야. 엄마랑은 안 자."

"왜 엄마랑은 안 잘 거야?"

"엄마는 선택받을 수 없어."

"왜 엄마는 선택받을 수 없어? 엄마 잔소리가 싫은 거지?"

"아빠는 멋지잖아. 엄마는 별로야. 아빠도 할 말은 하거든."

"아빠는 왜 선택받은 거야?"

"시험 치기 전날 무섭고 불안해서 아빠한테 속마음을 말했는데. 아빠는 시험 못 쳐도 나 사랑한다고 했어. 〈해리 포터〉 이야기하면서 상상하고 웃어줘. 좋아하는 캐릭터에 몰입해서 장난쳐주거든. 내가 말포이 좋아하면 볼드모트로 변신해. 《내일은 실험왕》의 강원소를 좋아하면 아빠는 허홍이 되어 나랑 교감해. 아빠는 멋지지만 멋진 척하지 않아."

"엄마도 시험 못 쳐도 너 사랑한다고 말했거든."

"엄마는 혼내거나 짜증 내지 않지만, 잘하는 걸 더 좋아하는 느낌이야. 엄마랑 이야기면 심각하게 끝나지만, 아빠랑 이야기 하면 웃다가 잠들어."

아빠와 자길 원하는 아이와 대화하면서 충격에 휩싸였다. 경험이 쌓이자 아이는 엄마를 자주 혼란에 빠뜨렸다. 자신의 감정을 읽고 엄마를 견제했다. 자기 생각을 분명하게 설명할 줄 알고 엄마가 어른답지 못한 모습을 표현한다. 간혹 엄마도 상처 받는다. 노력하는데 잘 안 되는 모습이 아이에게 들켜서 미안함과 부끄러움이 교차한다.

유아기는 자신의 감정이나 생각을 말로 표현하는 방법을 몰라 마냥 엄마, 아빠가 좋은 순간이 많다. 성장할수록 소통에 어설픈 엄마는 아이에게 선택받지 못한다. 아빠를 좋아하는 모습을 보니 돌전에 찍은 한 장 사진이 떠올랐다. 아기가 비행기 자세, 배는 바닥에 손과 발은 최선을 다해 하늘을 날 듯 흔들며 좋아했다. 그 모습을 보며 덩달아 웃고 있을 때 남편은 아이와 똑같은 비행기를 만들어 같은 곳을 바라봤다. 말 못하는 아이와 몸으로 교감했고 같은 곳을 바라보는 연습이 지금까지 유지되고 있나 보다.

서툰 엄마는 아이와 불통을 경험한다. "공부 못해도 있는 그대로 사랑해." 입은 말한다. 하지만 내 머릿속은 남편과 다르다. 아빠는 있는 그대로 아이를 사랑하고 틀에 맞춰 뭔가를 해야 한다는 생각이 없다. 아이의 행동 모두가 정답이라 여기고 짧지만 깊이 있게 아이와 교감한다. 사교육 강사인 나는 80점은 넘어야 한다는 커트라인이 있다. 80점 이상은 노력이 필요하고 재능과도 상관있다. 학생이라면 80점까지는 '힘들어도 최선을 다해야 한다'는 프레임이 있다. 아이들의 감각 센스는 어른보다 민감하고 예민하다. 자신이 보고 느끼는 것을 표현하지 못할 뿐 온몸으로 어른의 마음을 읽는 재주가 있다. 아이와 소통에 능해야 엄마의 사랑이 있는 그대로 전해지지 않을까? 엄마 아빠의 마음은 비슷한 사랑일 텐데 소통 방법 차이가 의외의 결과를 보여준다.

가장 중요한 것은 소통이다. 엄마와 소통을 배워야 사회 나가 사람들과 어울리며 토론하고 성장하는 기회를 만들지 않을까? 불통은 아이와 엄마만의 문제가 아니라 사회 전체의 문제로 이어진다. 토론회를 보면 눈살을 찌푸린다. 그 시작은 어디였을까? 가족 안에 소통을 배우지 못했기에 대화가 어렵다. TV 토론회에서 비난받는 일들이 우리 주변에서도 일어난다. 소통을 이야기 하지만 소통이 무엇인지도 생각하며 살지 않았다는 아쉬움이 남는다.

"엄마가 너에게 선택받으려면 어떻게 해야 할까?"

"엄마, 이번 생애는 선택 못 받아. 포기해."

"그럼 다음 생애도 엄마 딸로 태어날 거야?"

"거기까지 생각 못 해 봤네. 나와 소통하고 싶다고 방법을 알려주지. 첫 번째 엄마의 무관심이 필요해. 두 번째는 생각하고 말해줘."

아이에게 선택받기 위한 첫 번째 자세는 다름을 인정해야 한다. 누구나 아는 사실이지만 가장 착각하는 명제다. 틀린 것이 아니라 다름을 인정한다고 거짓말하고 산다. 나 역시 아이에게 틀렸다고 말하는 것이 아니라 다름을 표현하는 것이라고 주장했다. 섬세한 감각을 가진 아이들은 엄마의 말보다 눈빛, 몸이 말해주는 언어를 더 정확하게 읽어낸다. 다름을 인정하면 많은 말이 필요치 않다. 아이가 원하는 엄마의 무관심은 말이 많다는 또 다른 표현이다. 다름을 인정하면 아이가 가고자 하는 길을 묵묵히 지켜보며 격려한다. 격려라고 던진 말이 아이에게 간섭으로 여겨진다. 아이와 적당한 거리를 유지해야 말보다 강력한 몸이 전하는 메시지가 표현된다.

남편이 아이를 대하는 모습을 지켜보면 오히려 내가 볼 때는 아이에게 무관심이다. 그러나 아이는 적당한 거리를 유지하며 아빠와 나눈 몇 문장을 가슴에 담고 산다. 남편은 나보다 다름을 인정하는 영역이 넓다. 다름을 인정하는 범위는 말수와도 같다. 다르기 때문에 자신에게 통했던 방법을 아이에게 강요하거나 전하지 않는다.

"무엇이든 해 봐. 하다 보면 너만의 배움과 깨달음이 있어." 남편이 전하는 메시지다. "엄마가 생각하고 행동해 본 길이 정답이야. 이쪽 길로 가렴." 이런 전제를 가진 엄마는 아이에게 부딪치면서 배울 기회를 주기보다 이기는 방법을 전하면서 간섭이 늘어난다. 아이가 스스로 배워가는 영역을 인정하자. 실패할 기회를 주자. 묵묵히 옆을 지키며 같은 방향을 볼 여유를 엄마에게 허락하는 것이 좋다. 선택받지 못한 엄마는 아이와 마주 본다. 마주 보는 것보다 옆에서 아이가 보는 곳을 함께 응시해 줄 때 안정이 채워진다.

아이에게 선택받기 위한 두 번째 자세는 배려다. 상대와 물 흐르듯 자연스럽게 생각의 문을 여는 것이 소통이고 대화다. 상대방 마음 문을 열지 못하면 아무리 좋은 말과 피드백을 전해도 통하지 않는다. 상대방 마음 문은 역지사지易地思之 즉, 상대의 입장이 되는 배려를 통해 열린다. 아이와 함께 〈해리 포터〉 영화를 봤다. 나는 30분 만에 일어나 딴짓했다. 아빠는 30분 만에 잠들었다. 우린 〈해리 포터〉에 관해 아는 정도가 비슷하다. 아이 관심사의 정보량은 중요하지 않다. 대화 중에 철저히 아이의 입장이 되어보는 배려가 아이의 마음에 따뜻하게 기억될 뿐이다.

아이에게 선택받기 위한 세 번째 자세는 생각 디자인 감각을 키워야 한다. 해결하고 싶은 문제가 생겼을 때 아이는 나를 찾지만, 휴식과 안정이 필요할 때는 아빠를 찾는다. 가령 친구 사이에 문제가 생겨 속상하고 괴롭다. 엄마는 친구에게 "기분 나빴던 너의 감정을 솔직하게 털어놓고 표현해 봐" 조언한다. 아이는 엄마 말을 듣고 친구와 대화를 시도하지만 마음대로 되지 않는다. 어른인 나역시 상대가 강하면 감정 표현이 쉽지 않다. 사람을 대하는 나의 태도는 잊고 아이에게 쉽게 말한다.

아이에게 필요한 것은 위로였다. 방법을 제시해주는 것보다 힘든 일이 있을 때 활짝 웃고 기운을 충전하는 것만으로 힘을 얻는다. 휴대폰 배터리가 매일 일정량의 충전이 필요하듯 아이도 에너지 충전을 위한 웃음을 원했다. 비슷해 보이는 상황도 사람마다 느끼는 스트레스 양이 다르다. 아이는 스트레스 지수가 50이었는데 엄마와 심각하게 대화하다 보면 스트레스는 100으로 변한다. 생각 디자인 감각을 키워야 아이에게 응원과 격려의 메시지를 전할 수 있다. 어떻게 전할 것인지를 고민하지 않으면 엄마와 아이는 힘들어진다. 불통은 사람 사이를 무겁게 만든다. 아이와 소통을 귀하게 여기고 최선을 찾아갈 때 주변 사람과의 불통이 소통으로 바뀐다. 소통 영역 넓히기는 집안에서 시작되어야 아이를 위하고 함께하는 사회 속에 작은 힘이나마 보탤 수 있다. 인생에서 좌절과 고난을 만났을 때 돌파하는 방법은 의외로 단순하다. 단순한 실천이 어려울 뿐이다. 생각 디자인으로 아이와 함께 웃자. 웃음은 에너지를 채우고 불안과 좌절을 돌파할 에너지를 준다. 채워진 에너지는 스스로 방법을 찾게 하고 실천력을 높여준다.

누군가에게 선택받기 위해 내 것을 양보하고 참기만 하는 인생은 서글프다. 사랑하는 사람에게 선택받기 위해 철저히 나를 돌아보는 삶은 아이를 위한 배려다. 배려는 곧 엄마를 위한 길이 된다. 아이에게 배운 소통은 어디서든 통하니까. 세상은 연결되어 있기에 작은 것에서 배움을 채워 갈 때 행복이 가득해진다. 끝없이 자신을 되돌아본 엄마만이 아이를 진정으로 품을 수 있는 가슴을 지닌다. 아이의 과거를 따지지 않고, 미래를 묻지 않고, 그냥 송두리째 오늘을 웃으며 살아가는 아이를 포옹해주는 엄마로 살고 싶다.

06
엄마니까,
한번은 독해지자

아버지에 대한 미움이 강렬할 때가 가장 힘든 시기였다. 탓할 사람이 필요했다. 육아의 우울과 고독, 두려움, 웃어지지 않는 심리상태가 미움의 실체였다. "행복한 엄마가 행복한 아이를 만든다"하니 현재가 불행한 이유를 어린 시절에서 찾았다. 아버지가 가족에게 눈곱만큼만 잘했으면 엄마, 나, 동생이 조금은 더 즐겁지 않았을까. 슬프지만 탓할 사람이 생기니 책임감이 채워졌다. 최고의 가족은 아니더라도 행복에 최선을 다하는 엄마가 되어보자 독하게 다짐했다. 나 하나만 잘하면 적어도 남편과 아이가 웃을 수 있다니 얼마나 좋은 기회인가.

뜻대로 살지 못한 이유가 어려운 가정환경도 있었지만, 공부 그릇이 작았기 때문이었다. 문턱 증후군이 심했다. 의사, 변호사. 검사, 교수 등의 전문직종, 특정 직함 앞에서 약해졌다. 특정대학 앞에서도 무너졌다. 상대가 타고 다니는 차, 손목에 채운 시계, 패션의 마지막을 장식하는 가방, 비행기로 움직이는 해외여행, 살고 있는 아파트 평수 등 보이는 화려함에 주눅 들었다. 문턱을 넘지 못해 좌절하고 스스로 하찮게 여긴 나를 구원해 줄 사람은 아이뿐이었다.

문턱을 넘어야 다른 삶을 아이가 살게 된다. 문턱을 넘으려면 공부 그릇을 키워야 하는데 가장 효율이 높은 방법은 독서뿐이다. 나를 빛나게 해 줄 손길은 아이뿐이었기에 독하게 그림책을 샀다. 밤낮없이 기계처럼 읽어줬다. 아이가 책을 들고 오면 자다가도 눈 비비며, 화장실에 앉아서도, 밥먹다가, 길을 걷다가도 언제 어디서나 스위치만 누르면 나오는 오디오처럼 줄줄.

문턱을 자유롭게 넘고 사교육비 지출을 줄일 공부 그릇 키우기가 3세 이전에 엄마와 함께 있는 시간을 통해 효과적으로 만들 수 있다. 내 공부 그릇이 작아서 넘지 못한 문턱으로 나를 평가절하했다. 문턱을 넘은 사람 중에 자격 미달, 평범한 나보다 못한 경우가 얼마나 많은가. 그럼에도 문턱을 넘은 사람의 전체를 보는 것이 아닌 내가 갖지 못한 부분만 동경했다. 문턱을 부셔버리고 자유롭게 하늘의 별도 딸 능력을 가질 방법이 눈앞에 펼쳐졌다. 몰입과 집중을 발휘한 것은 어쩌면 당연한 일이었다.

아이를 통해 마음에 쌓인 한을 풀 절호의 찬스다. 찬스를 잡기 위해 집중했는데 곳곳에 복병이 숨어 있었다. 어떻게 하면 공부 그릇을 키우고 독서를 일상에 스며드는 습관을 만들까 고민할수록 똑똑하고 현명한 엄마가 아닌 찌질하고 부족함이 가득한 행동이 아이 앞에 모습을 드러냈다. 한 때 잘나가던 자부심으로 똘똘 뭉친 여자였다. 세상 무서울 것이 없었다. 생각한 대로 행동한 대로 뜻대로 움직이면 성공이 눈앞에 그려질 것이라 자신하고 노력에 노력을 더하는 나였다. 수학으로 입지 다지는 일보다 괜찮은 엄마 영역 넓히기가 더 어려웠다. 수학 강사는 주 업무가 아이들 수학 성적 올리는 것이지만 엄마의 주업무는 청소, 빨래, 집안일, 경제 관리, 남편 관리, 시댁 관리, 친인척 관리, 아이 성적 내기, 아이 인성 바탕 만들기 등 수없이 많다.

"조기 대가리가 떨어졌네. 생선 처음 구워 봤어? 공부한다고 밥하고 살 기회가 없었지?" 엄마가 되고 보니 별스레 얻고 싶지 않은 며느리 역할도 잘해야 한다. 시아버지 생신상 차리면서 생선이 조각났다고 잔소리를 들었다. 무심코 던진 말에 상대의 의도와 상관없이 상처받았다. 요즘은 당당하게 집에서는 조기 구울 때마다 일부러 대가리와 꼬리 자르고 굽는다. 먹지도 못하는 대가리에 기름 묻는 것도 아까워서. 인생에는 형식도 중요하지만, 형식 차리다 서로 상처받는다. 경계해야 옳을 일이 많다. 남들이 만든 기준을 따르는 것이 아니라 나만의 기준을 만들어 인생을 즐긴다.

"청소할 시간은 없는가 봐. 창틀이 엉망이던데 지저분한 집에서 어떻게 살아?"

시댁 식구들이 자고 가는 날이면 미리 대청소를 했다. 잔소리 들는 게 몸이 힘든 것보다 싫었다. 깔끔한 분께 꼬투리 잡히지 않으려 노력했다. 내 눈에는 멀쩡하고 아름다운 것이 누군가에게 꼭 허점으로 보인다. 청소를 안 해서 지저분한 사람이 아니었다. 꼬투리를 잡으려 하면 한도 끝도 없다. 진작 알았으면 마음이 편했을 텐데 오래 지저분하다는 피드백을 받았던 터라 나를 몰아세우고 살았다. 물론 좋은 점도 있다. 청소법은 터득했으니 말이다. 살림은 청소를 줄이기 위해 적당히, 마음 청소를 위해서 청소 시간에 책을 든다.

"사람은 좋은 말 전하고 긍정의 마음을 가득 담고 살아야 해" 아이에게 훈수 두었다. 막말하는 사람에게 쓸데없는 말을 들었고 화는 남편에게 갔다. 아이 눈치 보며 살금살금 뒷담화 하던 어느 날부터 아이는 엄마의 말과 행동의 차이를 발견했다. 아이에게 좋은 엄마가 되려면 말과 행동이 일치해야 하고 일관성이 있어야 한다. 육아 문턱을 넘기 위해 시작한 일이 결국은 나를 변화시키는 시간이 되었다. 시작은 미약하지만 지금도 성장 중이다. 남들의 기준에 휘청이던 엄마는 달라졌다. 나를 향하지만, 부정의 말을 옮기는 순간 가장 피해 입는 것은 자신이라는 것을 알기 때문이다. 스트레스 받을 환경을 귀한 내게 허락하지도 않을 뿐 아니라 모든 상황을 배움으로 전환하는 힘을 채우는 중이다.

말은 그물을 만든다. 눈에 보이지 않는 그물이다. 뱉는 말이 그물의 재료다. 긍정의 말을 많이 하면 긍정 그물이 되어 기회의 신을 당기는 운을 만든다. 부정의 말은 부정을 당기는 그물이 되어

나락에 빠뜨릴 것이다. 사람이라 언제나 긍정의 말만 담고 살지 못한다. 뒷담화의 묘미를 아는가. 피해야 하는 뒷담화가 가끔 재미있다. 뒷담화를 안 한다고 자부하는 사람들이 의외로 온갖 뒷담화의 중심에 선다. 진짜 긍정을 품은 사람은 바쁘다. 자신을 되돌아본다고 타인의 행동에 예의 주시할 시간이 없다. 긍정과 부정의 말은 서로서로 연결되어 그물을 짠다. 부정의 말을 긍정이 덮고 긍정의 말은 부정의 말을 없애준다. 어떤 그물이든 만들어야 운을 당긴다.

만약에 아이와 함께 많은 시간 보내지 않았다면 경제적으로 지금보다는 여유롭게 살았을 것 같다. 또한, 커리어 쌓고, 사회가 인정하는 일에 집중하면서 자부심이 하늘을 찔렀을 것 같다. 경력 단절을 경험하고 새로운 일자리를 찾으려 노력했다. 열심히 육아 스펙을 쌓고 사회에 나가니 능력은 보려고 하지 않고 나이부터 문제였다. 능력이 평가되기 전에 나이 제한에서 미끄러졌다. 이전에 어떤 일을 했던 전업엄마가 되면 경력 단절과 원치 않는 '맘충'과 같은 혐오하는 사회적 시선과 싸워야 한다. 혐오 발언의 핵심은 듣는 사람을 고려하지 않는다. 어떤 문제가 일어났을 때 원인은 한 가지가 아니다. 얽히고설킨 실타래처럼 원인은 많다. 진짜 내공을 간직한 분은 혐오 발언을 삼갈 뿐 아니라, 말에 무게까지 담는다.

엄마니까, 주변을 돌아보게 된다. 한을 풀 절호의 찬스는 깨끗하게 단념했고 아이가 행복하기 위해 함께 행복해져야 함을 배웠다. 엄마라서 가끔 사회 나가면 주눅 들고 초라해진다. 엄마 경력이 스펙이 되지 않는 사회 덕분에 아파하고 눈물 흘리는 날도 가득했다. 그러나 그 사이 누린 시간을 등에 업고 13년 차 엄마는 강력하게 말하고 싶다.

"아이를 잘 키우려고 했는데 괜찮은 사람이 되었다. 스스로 온전히 인정하는 좋은 사람이 되는 중이다. 어떤 상황에서도 우린 행복한 순간으로 만드는 능력을 타고 났다. 다만 혹독한 사회생활 덕분에 돈, 명예, 외부에서 주어진 것으로 행복할 수 있다고 믿었을 뿐이다. 엄마로 사는 길은 지금을 행복하게 사는 잠재된 능력을 찾는 시간이다. 잠재된 능력이 온몸에 나타나는 순간 사회가 요구하는 능력을 뛰어넘는 능력자가 된다. (거짓말 같죠? 실험해보는 정신이 답입니다.) 신은 어리석은 어른을 깨우치기 위해 자녀를 낳게 했다. 육아는 어리석음의 알을 깨고 나오는 기회다."

07
사랑해, 고마워, 축복해

　사람을 제외한 숨쉬는 모든 것들에 무관심한 나와 다르게 여진이는 고양이, 강아지, 거북, 새, 곤충 등 자연에 호기심이 많았다. 아이를 나처럼 감각이 둔한 사람으로 성장하게 둘 수 없었다. 다만 반려동물이 무섭기 때문에 함께 즐기지는 못한다. 아이의 관심에 간섭하지 않으려 노력했다. 아파트 재활용하는 곳에서 스티로폼, 플라스틱, 두껍고 큰 종이 상자 두 개를 주워왔다.

　"길고양이 진진이와 라온이 집을 만들 거야. 날씨가 추워서 아이들이 있을 곳이 필요해."

　덜컹 겁났다. 캣맘을 좋은 시선으로 보기보다 혐오 대상으로 여기는 기사가 쏟아지는 세상이다.

　"길고양이를 사랑하는 마음은 좋은데 아파트에서 길고양이 집 만들고 먹이 주면 길고양이들이 많이 모여든다고 싫어하는 분들이 많아. 집 만들기 전에 관리실 가서 고양이 집을 지어주겠다고 허락

받는 게 좋을 것 같아."

"고양이 밥 주는 일은 위법행위가 아니야. 고양이 밥을 못 주게 막는 행위가 위법이야. 내가 책과 인터넷을 통해 정보를 찾아 놓았어. 어른들이 못 주게 막으면 웃으면서 설득할 수 있어."

길고양이와 사랑에 빠졌고 용돈을 아껴 길고양이 먹이 캔을 사고 장난감도 사서 놀아줬다. 아침마다 일찍 일어나 30분씩 라온이와 진진이와 함께 햇살을 맞으며 시간을 보내고 등교했다.

길고양이 돌보는 일이 용돈 부족으로 힘들어지자 아이는 길고양이 이야기를 글로 풀었다. 밴드에 글을 올려 40킬로 사료를 후원받았다. 라온이와 진진이뿐 아니라 아파트 주변까지 봉지 밥을 만들어 사료가 안전하게 길고양이에게 전했다. 오후 5시 되면 보조 가방 두 곳에 물과 봉지 밥을 챙겨 '여진 밥차'는 길고양이를 찾아다녔다. 추운 겨울도 더운 여름도 밥차는 쉴 틈이 없었다. 밥차 역할을 톡톡히 하는 동안 50대 캣맘과 동행했다. 혼자 동네를 헤매고 다니니까 걱정되어 아파트 주변으로 밥차 영역을 제한했는데 선한 아주머니와 함께 더 멀리 움직였다. 몇 달 동안 여진 밥차는 운영되었지만 나는 단 한 번도 따라나선 적이 없었다. 그런데 우연히 만난 아주머니들에게 아이 덕분에 생각지도 못한 칭찬을 자주 듣는다.

"어머니를 꼭 한번은 뵙고 싶었어요. 눈치 보며 길고양이를 돌볼 때 여진이가 당당히 밥 줘도 된다고 말해서 놀랐습니다. 길고양이 사랑이 대단하고 기특해서 어른들이 칭찬을 많이 합니다. 참 멋진 아이입니다."

나는 7살 때 나의 아픔보다 친구를 먼저 생각한 적이 있었던가. 8살 때 움직임 없이 2시간 책 읽은 적이 있었던가. 9살 때 "구구단을 못 외워도 난 행복해"라고 말한 적이 있었던가. 이익 없는 일에 온전히 시간과 에너지를 쏟아본 적이 있었던가. 아이가 11살 되었을 때 마음속 깊이 딸을 존경하게 되었다. 더 빨리 알았으면 아이가 더 많이 웃었을 텐데 아쉽다. 육아의 본질, 아이의 위대함을 빨리 깨달아야 손발이 덜 고생한다. 엄마가 처음이라 모든 것을 아이를 위해 알려주고 도와주어야 하는 줄 알았다. 아이는 자신의 감정과 태도 생각을 어른이 알아듣기 쉽게 표현하지 못하는 경우가 있다. 여진이는 말수가 적은 편이라 엄마에게도 자신의 마음을 온전히 표현하는데 많은 시간이 걸렸다. 10살부터 생각을 자유롭게 표현했다. 자기 생각을 표현하는 것이 자연스러워지면서 엄마는 부끄러울 때가 많았다. 아이는 어른보다 순수하고 맑다. 표현하지 못할 뿐이지 그들만의 감정이 있다. 아이가 표현을 못 하니 엄마는 자주 착각에 빠진다. 사람은 욕심의 끝이 없어서 내 부족을 못 본다. 아이의 부족을 크게 보면 하루에 열두번 팔짝 뛸 일이 생긴다.

아인슈타인은 자신의 무지를 절대 과소평가하지 말라고 했다. 아이를 볼 때면 나의 무지가 한없이 크게 느껴져 괴롭지만, 온전히 아이를 존경할 수 있는 기회다. 아이의 일상과 마주하면서 나와 남편을 뛰어넘는 아이라는 사실에 고맙고, 감사하다. 어느 순간 어른은 깨끗함을 잃고 누군가를 위해 이익을 생각하지 않고 온전히 에너지를 쓰는 경험을 하지 않는다. 아이가 길고양이에게 사랑을 표현하고 사는 모습을 보면서 나보다 낫다고 결론냈다. 엄마는 아이에게 요구하는 것의 반에 반도 이루지 못하고 살면서 매일 하나씩 아이에게 큰 미션을 던지는 모습을 보면 참말로 거시기하다. 엄마의 자기 인식이 선명해지면 아이들은 재능을 펼치고 살 가능성이 높다.

아이가 살아갈 날은 내가 겪어온 삶보다 경쟁이 치열하다. 편하고 좋은 세상이라 말하기에는 힘든 일이 많다. 힘든 환경에서 아이를 지켜주는 길은 자주 안아주는 것이다. 엄마가 치열하게 살지 않았기에 무지를 인정하고 아이에게 좋은 습관을 남기도록 애쓰는 삶을 살자. 다행스러운 것은 엄마의 자기 인식이 아이를 너그럽게 바라보고 지혜롭게 관계를 만들어가는 바탕이 된다. 나보다 낫다는 결론은 엄마의 꽁꽁 얼었던 마음을 녹이고 아이와 좋은 습관을 웃으면서 만들 시간을 허락했다. 나를 뛰어넘는 유전자를 간직한 아이라는 사실을 빨리 인식할수록 아이는 밝고 건강하게 성장한다. 엄마의 감사와 고마움을 아이는 온몸으로 느끼기 때문이다.

엄마 공부를
시작하다

01
육아는 행복을 품은
지뢰투성이

수영을 배우려고 여러 번 회원증을 끊었지만 30일 과정 중 7번이 최고 출석이다. 실패 후 물과 친할 수 없는 사람이라고 여겼다. 아이에게는 두렵지만 도전하는 것에 의미를 두자고 자주 말했다. 말만 많은 엄마는 재수 없다. 수영의 두려움을 아이 앞에서 극복하려고 10년 만에 용기를 냈다. 육아는 수영과 같다.

실내 수영장은 곳곳마다 크기가 다르다

동네 수영장이 복잡해서 지역에서 가장 큰 실내수영장으로 향했다. 라인이 20줄이 넘었고 유아 풀장과 수심 5미터의 다이빙 시설도 있었다. 초보, 중급, 고급, 자유 수영 라인으로 구분되었고 청소년과 성인, 선수를 위한 공간도 있었다. 수영 선수권 대회가 진행될 때 TV에서 볼 수 있는 규모였고 관중석도 있었다. 실내수영장에 들어서는 순간 이전에 경험했던 수영장에서 느껴지는 답답함은 전혀없었다. 시야가 확 트여 기분까지 상쾌했다.

초급, 중급, 고급, 선수권 다양한 실력을 한눈에 담았다. 육아는 아이와 함께 오래 행복하게 지구별 여행을 즐기는 것이다. 그럼에도 모르는 것 투성이 힘들었던 이유는 좁은 시야 때문이다.

세상에 아이 키우는 엄마는 무수히 많고 다양하다. 잘하는 분이 계시면 못하는 분이 있고 국가 대표급도 있다. 라인마다 사람들 몸동작과 활기찬 에너지가 달랐다. 선수들이 수영하는 곳에는 다람쥐 쳇바퀴 돌아가듯 쉬지 않고 물살을 일으켰다.

육아도 환경이 중요하다. 아이에게 좋은 환경을 주기 위해 노력하는 것보다 엄마 주변 환경 점검이 더 필요하다. 좁은 곳에서 고만고만한 엄마들과 도토리 키재기를 해서는 성장이란 없다. 초보부터 선수까지 성장을 꿈꾸는 엄마를 만나야 한다. 잘하는 엄마에게는 배움을 찾고 어설픈 엄마에게는 반면교사하며 나만의 육아환경을 만들면 된다. 고수엄마를 모방하여 나만의 습작을 만들면서 넘어지고 일어나길 반복한다. 모방과 습작의 단계에 머물러서는 창조 육아를 만나긴 어렵다. 넘어질 때마다 돌아보며 나와 아이를 위한 최선의 길을 찾다보면 어디에도 없는 나만의 창조 육아가 만들어진다. 나만의 육아는 아이가 세상과 연결되는 지점을 만든다. 육아는 모방, 습작, 창조, 연결 4단계로 진행된다. 이를 위해 현재 서 있는 육아환경이 최고가 아니며 더 넓은 세계가 있음을 잊어서는 안 된다. 현실 안주보다는 '성장하는 엄마' 포지션을 잡아야 행복 범위가 넓어진다.

수영을 배우려면 물속에 뛰어들어야 한다

"엄마, 일단 물속에서 힘을 빼는 연습을 먼저 해야 해. 호흡법이 중요하지만 불안과 두려움 때문에 몸에 힘이 들어가면 자연스럽게 익힐 수 없어."

호흡법을 익히기 전에 늘 강습은 끝났다. 해보자. 아이의 수영 자세를 혼자서 유심히 보다 물속에서 허우적거렸다. 몇 번을 반복하니 물은 먹었지만, 호흡이 살짝 되었다. 그동안 수영을 배우지 못한 이유가 뭘까? 두려웠다. 배우러 갔는데 남들 앞에서 허우적거리는 모습을 들키는 것이 싫었다. 못하니까 배우는 것인데 인정받고 칭찬 받고 싶은 욕심에 초보티 나서 흉했다. 한 번에 알아들어야 한다는 강박이 있었다. 실수해봐야 배운다. 완벽주의는 실수를 두렵게 하고 배움을 허락하지 않는다.

처음부터 육아를 능숙하게 잘하는 사람 없다. 어설픈 육아로 상처 입은 것처럼 옆집 엄마도 육아에 낯설다. 누구나 처음은 서툴다. 그럼에도 행동하며 수정 보완하는 육아는 자주 아이를 웃게 한다. 진흙탕을 굴러야 엄마는 아이가 뿜어내는 아름다운 햇살을 온몸으로 담는다. 나만 모르는 것이 아니라 모든 엄마는 아이를 위해 어떤 엄마가 되어야 하는지 고민한다. 좋은 엄마가 되기 위한 고민은 수영을 배우고 싶다는 열정과 같다. 열정보다 빛나는 것은 용기 내어 물속에 뛰어들어 허우적대며 앞으로 나아가는 것이다. 열정보다 행동이 빨라야 깊은 바다를 향해 나아갈 힘을 비축한다.

수영은 재미와 노력이 함께해야 실력이 쌓인다

남편은 어린 시절 동네 개울에서 수영을 배웠고, 여진이는 1년 동안 강습을 받았다. 남편은 재미로 배웠고, 아이는 접영, 배영, 자유형, 오리발 등 필요한 여러 기술을 배웠다. 물살을 가르며 빠른 속도로 돌진하는 여진이를 보니 대견했고 아빠보다 속도는 느렸지만 품격있는 수영 선수 같았다. 여진이가 수영 배운 지 만 2년 지났다. 이제 곧 자신감 넘치는 아빠의 속도를 아이가 넘을 듯하다. 피치 못할 사정으로 물에 빠졌을 때 살아남기 위해 생존 수영을 가르쳤다. 아이 꿈은 수영 선수가 아니다. 수영은 그냥 즐거움이다. 강습을 통해 안정된 자세를 갖춘 여진이는 연습을 통해 아빠보다 속도는 빨라질 것이다. 안정된 자세와 기본을 갖추었을 때 가속력이 붙기 때문이다. 그러나 육아는 속도보다 방향이다. 속도는 아이가 원할 때에 가속력을 높여 스스로 이끌어야 한다. 육아의 주체인 엄마는 방향 제시로 즐거움을 함께 누리면 된다.

수영 강습처럼 철저한 프로그램 아래 육아하지 않아도 된다. 남편이 물속에서 시간을 보내며 수영의 전반을 터득한 것처럼 육아 프로그램보다 일상을 즐겁게 살고자 하는 방향이 먼저다. 엄마가 아이와 남편의 시합을 보면서 자세와 속도는 측정할 수 있지만 두 사람이 느끼는 즐거움은 어떤 기준을 가져와도 절대 평가할 수 없다. 보기 좋은 육아는 있을 수 있지만, 아이와 함께하는 즐거움은 엄마와 아이만이 안다. 육아는 국가대표 키우기가 아니다. 물속에서 즐거움을 온전히 누렸듯이 아이와 엄마가 육아를 통해 웃을 수 있는 영역을 넓혀 가면 된다. 속도를 높이는 것은 아이의 몫이지 엄마의 욕심으로 오래 유지할 수 없다. 엄마가 조금만 더 신경 쓰고 에너지를 몰아줬다면 아이는 더 잘 될 수도 있었는데 아쉬움이 그림자가 되어 나를 괴롭혔다. 하지만 아이가 이루어내는 결과는 엄마의 노력을 평가받는 일이 아니다. 엄마의 노력은 아이를 웃게 할 때 빛난다. 무엇을 하든, 과정을 즐기고 웃는 아이가 결과도 좋을 것이다. 아님 말고. 많이 웃는 것만으로 사회의 평가에서 자유로운 아이가 될 테니까.

물놀이는 함께할 때 기쁨이 배가 된다

워터파크에서는 마냥 놀고 실내수영장에서는 대부분 수영을 즐겼다. 초보는 초보대로 선수는 선수대로 잠시 쉬는 사람은 있어도 물장구치며 노는 사람은 많지 않았다. 보는 것이 중요하다. 아이가 이전에는 운동 삼아 "3바퀴만 돌아라." 했건만 놀기만 했다. 그러나 주변이 아이를 자극해 12바퀴를 돌았다. 열심히 운동하고 스스로 한없이 뿌듯하게 여겼다. 고급반 선수들의 실력을 보며 발 닿지 않는 깊은 곳으로 도전하기를 멈추지 않았다. 수영장에서 아이와 함께하지 않았다면 아이를 돌아볼 기회와 아이의 실력을 한눈에 담지 못했을 것이다.

함께할 때 기쁨은 배가 된다. 육아는 어렵고 힘들고 좌절이며 찌질함의 극치를 만나기도 한다. 육아는 숨겨진 지뢰투성이다. 세상에 존재하는 어휘를 다 가져와도 육아의 어려움을 표현하기에 적당한 것이 없다. 육아의 지뢰는 엄마가 없애야 한다. 그래야 아이는 안전한 땅을 밟는다. 땅에서 웃음을 채운 아이는 세상 속에서 스스로 의미와 가치를 찾아 행동하는 어른이 된다. 아이와 함께하는 시간은 다듬어지지 않은 원석을 최고의 다이아몬드로 바꾸는 기회다. 육아의 핵심은 엄마 마음 키우기다.

02
인간다운 삶을 위한
여정

끼니를 거르는 삶이 또 펼쳐질까 봐 불안해 무조건 매일 벌었다. 몰입육아를 작정하고 둘이 벌다 하나가 집에 있으니 경제 상태는 바닥이었다. 최악의 수입, 열정 가득, 그럼에도 흔들리는 마음이 더해져 지하세계의 깊이를 통장이 보여줬다. 지하 1,529,000층에서 책을 만났다. 세상에 하나뿐인 초코 천사를 만났고 나와는 다른 삶을 살게 하겠다는 강한 절실함이 책과 조우할 기회를 허락했다. 지하세계에 빠져 헤쳐 나갈 방법이 도무지 보이지 않았다. 그동안 해왔던 방법으로는 나만큼만 살게 될 것이라는 두려움이 가득했다. 단순히 먹고 마시고 입고 즐기는 욕구를 채우기 위해 살 때는 책을 읽지 않아도 살 만했다. 책의 위대함은 익히 들었지만 행동은 없었다. 이전처럼 얕은 지하세계에 빠졌다면 여전히 책을 읽지 않았을 것 같다. 지상으로 올려줄 방법을 알려줄 사람이 주변에 있었다면 책을 만나지 못했을 것이다.

깊은 지하세계에 갇혀 버린 나에게 책은 동아줄이 되어 줄지 일상에서 실험해 보기로 작정했다. 10년을 읽었다. 지나고 보니 내가 책을 선택한 것이 아니라 책이 나를 선택했다. 책은 사람을 선택한다. 책은 아무나 선택하지 않는다. 깊은 굴에 빠졌을 때 책의 선택을 받은 자는 다시 쓰러지는 한이 있어도 굳건히 일어난다. 책의 위대함은 이런 것이다. 사람을 선택하는 기운을 가졌다. 책은 위대해지는 방법을 알지만 아무에게 그 비밀을 알려주지 않는다.

"책대로 키우면 아이 망친다."

지하세계에서 나오기 위해 죽기 살기로 책에서 허우적거릴 때 주변에서 가장 많이 전한 조언이다. 웃고 즐거운 시간을 나눌 소중한 인연이지만 엄마 '롤모델'은 아니었다. 특히 자신이 가보지 않은 길을 조언으로 포장해 함부로 떠드는 말은 듣기를 거부했다. 확률을 믿기로 했다. 책 속에서 만난 육아가 주변에서 알려주는 육아 상식보다 검증과정을 많이 거쳤기에 성공 확률이 높다.

모든 일에는 임계점이 있었다. 처음은 서툴지만, 연습과 훈련을 통해 수정 보완하는 일상을 갖추면 누구나 실력자가 된다. 어떤 일이든 임계점을 넘지 않은 상태에서 고수가 되는 법은 없다. 책대로 키우면 아이를 망친다는 강한 신념을 지닌 사람은 주변에 책으로 임계점을 넘은 분을 만나지 못했기 때문이다. 내 수준이 딱 요만큼이었다. 주변에서 독서의 임계점을 넘긴 사람이 없다고 탓할 것이 아니라 나의 과거가 만들어낸 환경이다.

"그것 봐. 내 말이 맞지? 아이는 책으로 키우는 것이 아니라니까."

이 말이 사실일지도 모른다는 두려움을 자주 만났다. 책을 통해 육아를 전수 받는 동안 간혹 흔들렸다. 시간이 지날수록 쓰러지는 횟수도 줄고 나의 궤도를 찾는 시간도 단축되었다. 10년이 지나고 어렴풋이 보였다. 임계점을 넘어서기 전에는 수없이 흔들린다는 것을.

감정이 섬세하지 못한 엄마라 아이를 공감하고 위로하며 사랑하기 힘들었다. 주변에서 일어나는 감정을 분류해 보면 30가지를 넘지 못한다. 감정이 깊고 섬세하면 나를 이해하기 쉬워지고 타인을 진심으로 받아들인다. 다양한 감정은 일상에서 경험하기 어렵다. 만나는 사람이 한정되어 있으니까. 다양한 감정을 경험하는 일이 중요한 이유는 뭘까? 위로하거나, 동정하거나, 함께 눈물을 흘리거나, 배신에 분노하는 다양한 감정을 점점 잃어가면 나를 지키기 어렵기 때문이다. 감정을 느끼지 못하면 마음을 주어야 할 때 마음을 주지 못하고, 분노해야 할 때 눈을 감아버리는 불편한 일상이 생긴다. 감정이 메마르면 나와 너의 마음을 얻을 수 없다. 일상에서 경험하기 힘든 감정들을 책을 통해 나를 돌아보고 섬세한 감정 센스에 불을 켜야 한다. 감정 센스가 섬세하면 마음이 따뜻한 엄마로 살 수 있다.

내 마음이 따뜻한 감정 읽기에 자유로워지면 아이는 웃을 일이 많아진다. 예전에는 책을 통해 단순한 위안을 얻고 싶었다면 지금은 더 거창한 것을 원한다. 잊고 지낸 감정을 책을 통해 경험하고 아이를 이해하고 아이와 함께 어울려 살아갈 사람을 이해하고, 그 이해를 바탕으로 이전에 가진 인간성을 회복하고 유지하며 살고 싶다. 사람은 옳다고 믿는 대로 살아가게 된다. 경험 속에서 옳다고 믿었던 진실들이 거짓일 수도 있다는 사실을 책을 통해 배워간다. 만약에 책과 함께 육아하지 않았다면 돈을 가장 귀한 가치로 여기면서 아이와 소금물을 마시며 목마름에 시달렸을 것이다.

대한민국 육아에서 잘 키웠다고 평가할 때 사회적 효용 가치가 기준이 된다. 내가 추구하는 책 육아는 사회적 효용 가치를 높이기 위한 길이 아닌 인간다운 삶을 위한 여정이다. 좋은 대학을 가기 위한 사교육의 한 형태인 독서가 아닌 온전히 인간다운 모습으로 무엇을 하든 즐겁게 살기 위한 과정이다. 책 육아의 시작은 똑똑한 아이였다. 책을 통해 배우다보니 궤도 수정은 언제나 가능하다. 돈보다 더 귀한 것은 인간성을 회복하여 나를 지켜내는 삶이다. 책 육아는 단단하게 나를 지켜왔던 관점을 깨는 일이었다. 엄마가 관점을 깨는 일상이 습관이 되면 아이는 자연스럽게 엄마를 닮는다. 스스로 지켜내는 엄마는 다른 사람의 삶을 간접 경험하고 자신의 믿음을 수정하며 성장한다.

지하 1,529,000에서 책 동아줄을 타고 지상으로 올라왔다. 지상

몇 층에 서 있는지 아직은 모른다. 다만 지상으로 올라온 엄마는 쉼표를 안다. 직진만 하다가도 잠시 쉬어가는 틈을 알고 힘들 때는 잠시 멈춘다. 지하세계는 있는 힘을 다해 올라와야 하지만 지상에서는 멈춤도 중요하다. 드넓은 세상을 구경하며 평화롭게 육아하는 엄마는 조바심이라는 짐을 내려놓았기 때문이다. 조바심을 버려야 아이와 함께 주변을 돌아보며 여유롭게 세상 구경을 할 수 있다. 책을 통해 배운 육아는 직진과 멈춤의 조화를 선물한다.

03
몸과 마음이 변하는
진짜 독서

"초보 해독가인 아이들에게 부모와 교사 옆에서 큰소리로 책을 읽는 '낭독'은 절대적으로 필요한 독서법입니다. 세계적인 아동 독서 전문가인 메리언 울프는 이렇게 말했습니다. '큰소리로 읽기는 아이들에게 구술언어와 문자언어 사이의 관계를 분명하게 강조해주는 역할을 한다. 이 방법은 초보 독서가들에게 나름의 자가 학습법을 제공하는 '독서 학습의 필수 코스'라고 할 수 있다.' 또 다른 유명 독서 연구가인 아이린 파운타스는 이렇게 말했습니다. '큰소리 읽기를 통해 특정한 아이가 사용하는 전략과 습관적으로 저지르는 전형적인 실수를 교사나 듣는 사람이 파악할 수 있다. 큰소리로 책을 읽으면 어휘에 대해 아는 것과 모르는 것이 금방 드러난다.'"

낭독을 강조하는 글을 읽고 어설픈 엄마는 자신감과 독서 활동의 효율성을 위해 큰소리로 읽기를 아이에게 요구했다. 일주일 재미나게 낭독을 즐겼고 막힘없이 읽어내는 아이를 보면 낭독을 통해 아이의 독서력을 파악하는데 좋은 기회가 되었다. 다만 지속적으로 유지할 수 없었고 엄마는 아이의 거부감을 이해할 수 없었다. 엄마의 완벽주의 기질을 닮은 아이에게 '완벽하게 읽지 않아도 괜찮아, 실수하면서 읽어도 돼' 몸으로 느끼는 걸 돕고 싶었다. 낭독 10분을 요구하는 날들이 길어질수록 짜증 섞인 다툼이 남편에게 들렸고 쓴소리가 나왔다.

"다른 아이들이 장난감 가지고 놀 때, 자전거 타면서 앞으로 나아가는 속도감을 느낄 때, 친구들과 수다 떨면서 환하게 웃을 때, 애니메이션 보면서 흉내낼 때 등 아이들은 생각대로 움직이면서 즐거운 느낌을 가득 받잖아. 여진이는 다른 아이들이 느끼는 행복을 책 속에서 느끼는 중이야. 아이에게 책은 놀이야. 너처럼 책 읽으면서 뭔가를 뿌리 뽑겠다는 마음으로 책을 대하지 않아. 네가 원하는 것은 책과 함께 즐거운 삶이라 하지 않았어? 나는 독서가 즐겁지 않아. 여진이를 보면 신기하고 존경스러워. 덥거나 춥거나 피곤하거나 슬프거나 즐겁거나 언제나 책과 함께하는 모습을 보면 책은 자연스러움이고 휴식이야. 아이의 배움은 즐거움 뒤에 스며들어야 하는 거지? 어떤 마음으로 책 바라보는지 돌아보길 바라."

책을 통해 성과까지 얻고 싶은 욕심이 또아리 틀고 있었다. '낭독'이 아이에게 월등히 뛰어난 성과를 허락한다 할지라도 원하지 않는다면 독이 된다. 책을 통해 최고의 간판을 따고 원하는 직업을 얻고 엄친아로 살길 바란다면 효과적인 접근법이 필요할지도 모르겠다. 책이 지혜로운 인생을 살기 위한 길잡이가 되길 원한다면 책과 친한 일상이면 된다. 수불석권手不釋卷 습관이 되면 원하지 않아도 책은 삶에 지혜를 한없이 알려준다.

아이가 초등 입학 전에는 독후 활동에도 에너지를 쏟았다. 책을 도구로 아이와 질문하며 대화를 이끄는 시간이 위대한 일상을 만든다고 배웠기에 질문 두 개를 던졌다. 상상력이 부족한 엄마는 그다음이 보이지 않아 침묵했다. 놀이 고수 엄마 비법을 적용했지만 아이는 5분을 넘기지 못했다. 엄마는 잠을 줄여가며 독후 활동을 위해 사전 준비했지만 옆집에서 통하는 일이 우리 집에서는 돌연변이가 되어 폭발의 원인이 되었다. 좋은 선생님과 비싼 교구 수업, 독후 활동은 미련 없었다. 일주일에 몇 분 노출하고 웃으면서 책과 즐거운 기억을 심어준들 효과가 크지 않다고 믿었다.

의욕을 가득 담을수록 아이와 함께하는 독후 활동은 센스 없는 엄마라는 좌절을 안겨줬다. 나는 노력해도 그런 엄마가 될 수 없었다. 육아 10년이 지나자 노력하지 않아도 되는 부분임이 선명히 드러났다. 아이가 원할 때 엄마는 그냥 읽어주기만 하면 되었다. 동화구연도 필요 없고 아이와 대화로 사고 확장을 위한 질문이 없어도 됐다. 책 트리를 만들고, 읽은 책마다 스티커를 붙이며 아이의 성과를 기록으로 남기지 않아도 책이 알아서 아이를 키워준다. 책이 위대한 이유다. 엄마는 아이가 원할 때 1초를 허비하지 않고 원하는 페이지를 읽어주면 된다. 능력 되는 엄마는 그에 맞게 진행하면 되고 나처럼 센스 없는 엄마는 5초 안에 시디가 돌 듯 글자 그대로 읽어주면 된다. 센스 가득한 엄마의 독후 활동이 빨리 가는 듯 보이지만 어느 순간 독서 임계점이 지나면 아이는 책과 함께 무한한 상상력을 가진 기특한 존재가 된다.

센스와 능력 없는 엄마라 좌절하고 아파했던 시간에 잠을 보충했어야 했다. 책과 함께하는 모든 활동은 팔도강산의 샘물처럼 바다에 모인다. 가장 쉽고 단순한 방법은 많은 시간 꾸준히 읽어주면 된다. 책과 친해지면 아이가 주도하는 교육이 자연스럽게 이루어진다. 독후 활동의 핵심은 '재미'다. 재미가 아닌 학습의 그림자를 띄우면 책과 멀어지는 지름길이다. 아이에게 학습을 숨기고 재미로 접근하는 일은 아무나 할 수 있는 영역이 아니다. 센스 많은 사교육 선생님이 해결해줄 수 있는 부분도 아니다. 아이들은 말뿐 아니라 상대의 표정, 기분, 몸짓, 강한 몸의 언어를 읽어낸다. 말이 전하는 메시지는 30%를 넘지 않는다. '학습'을 숨길 수 없다면 무조건 읽어주기를 선택하자. 느려보여도 꾸준히 했더니 상상하지 못한 아이의 지적인 세계를 보는 날이 왔다.

단지 엄마 목소리로 읽어주기만 했더니 아이는 저자의 말을 자신의 뜻대로 해석하고 철학을 만들어가는 중이다. 독후 활동은 잠시 빠른 효과를 보이지만 아이들에게는 인풋이 훨씬 중요하다. 채워져야 아웃풋으로 나온다. 독서로 100을 채우고 20 얻으려 하면 어느 순간 방전된다. '읽기' 인풋 적게 하고 아웃풋을 기대하면 아이는 책과 멀어진다. 독후 활동이 재미있어 즐겁게 책에 다가가지만 어느 순간 아웃풋이 부담으로 여겨질 수 있다.

여진이는 만화책부터 웹툰, 기사, 인터넷 글, 고전, 문학, 자기계발, 육아서, 도감, 잡지 등 잡종으로 읽는다. 자신이 좋아하는 분야와 그때그때 보고 싶은 책만 본다. 엄마가 권하는 책이 끌리지 않으면 눈길도 주지 않는다. 아이가 초등학교 입학할 때 학습과 관련된 책을 영역별로 한꺼번에 큰돈 들여 구입했다. 그런데 3분의 1도 보지 않았다. 엄마 눈에 도움이 되는 책을 아이는 재미없어 거부했다. 아이에게는 추천도서가 선택의 기준이 되지 않는다. 어딘가에서 말하는 질 높은 책을 아이에게 내밀지 않았다. 오로지 재미가 먼저였다.

책은 읽는 이에게 말을 건다. 좋은 책과 나쁜 책의 기준은 사람이 세운다. 경청이 약한 사람, 읽고 교만을 키운 사람, 문턱 증후군을 앓고 있는 사람이 쓸모를 따지며 책과 조우한다. 저자는 근거와 논리로 무장한 실력자일 수도 있고, 저자가 살아낸 시간을 온전히 담아내는 지혜로운 자일 수도 있다. 자신의 욕심을 채우기 위해 글 쓰는 사람일 수도 있다. 어떤 경우든 읽는 사람이 저자의 말에 귀를 열면 얻는 것이 있다. 시간 대비 얻는 것이 적다고 나쁜 책이 될 수는 없다. 3,000년을 살아낸 고전도 나같은 초보에게는 해독 불가인 경우가 많았다. 고전, 질 높은 책만 본다고 지혜로운 사람이 되는 것은 아니다. 쉽게 이야기하면 고전을 가르치는 모든 교수들이 천재는 아니다. 무턱대고 양질의 책을 권하여 읽기 자체를 부담스럽게 만드는 조언은 귀 닫자. 어떤 책이든 거인의 어깨가 될 수 있다. 고전을 읽어야 거인의 눈높이에서 세상을 바라보는 지혜를 얻는 것이 아니라 읽고 일상에 녹여내는 과정에서 책의 위력은 발휘된다. 읽다보니 자연스럽게 고전을 만나고픈 안달나는 순간이 왔다. 그때를 위해 책과 친해지는 일상을 녹여내자. 한두 해 만에 이루어지는 작업이 아니다.

읽고 자신의 삶에 하나씩 녹여내는 과정에 사람의 뇌가 변하고 넓고 깊게 보는 관점 부자가 된다. 오랜 시간을 살아낸 고전을 읽는 것이 힘들다면 먼저 이해한 사람의 어깨에 올라타면 된다. 만화책에 부정적인 시각을 가진 똑똑한 분, 시간 낭비되는 책 말고 질 높은 책을 아이에게 권해야 한다는 분은 자신을 돌아보자. 엄마가 그림책 읽어주기가 습관으로 자리 잡힌 아이들은 어떤 책이든 저자가 이야기하는 큰 가치를 알아차린다. 다만 커리큘럼에 맞춰진 아이들보다 상대적으로 시간이 더 걸릴 뿐이다. 잘 짜여진 커리큘럼과 단지 읽기만한 아이의 끝은 아무도 모른다. 잘 짜여진 커리큘럼은 3분이면 답을 찾는다. 이건 단순한 지식만 추구하는 사회에서 먹히는 전략이다. 테일러 피어슨의 《직업의 종말》에 의하면 아이들이 살아가는 시간은 혼돈의 영역이다. 혼돈의 영역은 인과관계를 알 수 없는 상황을 말한다. 아이들은 불명확한 상태에서 살아남기 위한 방법을 찾아 대응해야 한다. 복잡한 혼돈의 영역에서는 단계적인 지침을 따라 교육하는 방법이 통하지 않는다.

지식만으로 어려운 세상 합리적인 사고로 살기 힘들다. 이전에 통했던 방법으로 매시간 엄마와 멋진 커리큘럼을 가진 선생님이 아이를 이끌어서는 복잡하고 혼돈 가득한 영역의 문제 해결력 그릇을 키울 수 없다. 아이의 열정과 의지가 담긴 활동에서 공부 그릇이 키워진다. 아이는 자신만의 시간을 누리면서 문제 해결력을 배운다. 고정된 틀을 빨리 버리고 아이가 원하는 책과 함께 깊고 넓은 책의 바다를 경험하는 것이 느리지만 나중에는 가속력을 가진다.

어른도 의지만으로 책과 친한 일상을 만들기 어렵다. 하물며 아이는 아직 살아낸 시간이 짧기에 책의 위력을 느끼기에는 역부족이다. 아이가 보는 책은 무조건 재미있어야 한다. 재미를 따르다 보니 엄마를 뛰어넘는 날이 왔다. 독서와 친해졌다는 의미는 무엇인지 깊이 생각해 보자. 읽으면 진짜 달라져야 독서다. 몸이 기억하는 독서가 나를 돕고 아이를 돕는다. 몸이 기억하려면 다독이 필수다. 정독은 다독 후에 아이의 의지에 따라 스스로 선택한다. 양이 채워져야 질의 변화가 일어난다는 것은 상식이다. 다독이 되려면 재미가 기본 베이스다. 재미는 엄마가 아닌 아이가 결정한다. 엄마는 많은 책을 볼 수 있는 환경을 만들고 아이의 호기심을 따라가면 된다. 무엇이든 조언을 얻었다면 시도해볼 용기가 필요하고 '이 길이 아닌가 봐' 생각 들면 돌아서는 강인함도 있어야 한다. 육아계의 신들은 맺고 끊음이 분명하며 실패의 아이콘이다. 자신의 아이에게 딱 맞는 방법 찾기 위해 다양한 조언에 귀를 열고, 닫고 하는 과정에 실패가 쌓여 엄마와 아이를 단단하게 만들었다.

아이에게 가장 중요한 한 가지를 결정하자. 나는 읽으면서 몸과 마음이 변하는 삶을 원한다. 하나를 위해 10년을 달려보니 답은 의외로 간단했다. 천천히 쉬지 않고, 꾸준히 읽는 삶이 아이와 엄마를 변화시켰다. 천 권의 책을 읽어도 내 삶의 심장에 들어와 나를 변화시키지 못한다면 그건 가짜 독서라고 생각한다. 아직도 나와 아이가 진짜 독서의 즐거움을 온전히 느껴가는지 정확하게 알 수 없다. 다만 세월이 지나도 우린 읽기의 기술을 터득하고 삶을 위해 더 나은 방법을 찾으려고 매일 읽고 있을 것이다. 대문호 괴테가 죽을 때까지 읽기를 배웠던 것처럼.

04
체벌이 아이를
바꿀 수 있을까?

어설픈 엄마 밑에서 생후 6개월까지 아이는 고달픈 삶이었다. 우는 것이 의사표현의 전부인 아이의 욕구를 읽지 못했다. 너무 운다는 이유로 여러 소아과를 찾았다. '영아 산통'일 거라는 말 의외에 별다른 조치를 듣지 못했다. 나름 업고, 안고, 분유 먹이고, 제발 날 살려 달라고 빌어도 보고, 삼신할머니께도 밤낮 빌었다. 아는 모든 신을 동원하여 무엇이 잘못인지 알려달라고 눈물로 호소했다. 한계선을 넘는 어느 날 새벽. 온 집안이 떠나갈 듯 악을 쓰고 소리 질렀으며 아이를 던져버리고 싶은 욕망을 이겨내지 못하고 엉덩이를 세게 때렸다. 생후 6개월 된 아기가 뭘 안다고 미쳐 발광하는 엄마는 하면 안 되는 짓을 하고 말았다. 한번 깊은 잠에 빠져들면 전쟁 나도 모르는 남편이 달려왔다. 목 놓아 우는 나, 울다 숨쉬기도 곤란한 아기를 안고 거실로 나갔다.

약주하신 날이면 납득할 수 없는 이유로 아버지에게 맞거나 심한 욕설과 꾸지람을 들었다. 훈육을 빙자했지만 아버지의 화풀이였다. 어떤 사람은 극한 상황이 되면 화가 나서 그 분노가 자신을 삼켜버린다. 아버지를 이해할 수 없었지만 어두운 방에 홀로 남겨진 나의 나약함에 직면했다. 절대 아버지처럼은 살지 않겠다고 마음먹었건만 우는 것 외에 의사 표현법을 모르는 아이를 때렸다. 아이가 울면 한계를 넘는 고통에 시달릴 때마다 아이에게 좋은 말로 폭언했고 나 역시 약한 자를 분풀이로 삼았다.

외가에서 잠시 머물 때 엄마 없는 빈자리에서 외로움을 섬세히 느꼈고, 철없는 중학생은 표현할 수 없는 서러움을 마음에 담았다. 거짓말이 거듭되던 무더운 날 어른들이 내 뒤를 밟았다. 동네를 배회하다 현장에서 딱 걸렸고, 한참을 맞았다. 그날 밤 잠든 나 몰래 외할머니가 연고를 발라주셨다. 이유는 기억나지 않지만 가장 존경하는 어른에게도 잊지 못할 훈육을 받은 적이 있다. 때리지는 않았다. 다만 내 책이 불에 타서 쓰레기가 될지도 모른다는 두려움을 가득 안겼다. 성장기에 훈육으로 인한 두려움, 죄책감, 서러움, 분노, 서글픔, 역겨움, 억울함, 등 온갖 감정이 가슴 깊은 곳에 숨어 있다가 내 아이와 함께하는 과정에 모습을 드러냈다.

나는 멍이 들 만큼 잘못을 하지 않았다. 온갖 두려움이 쌓여 갈 곳을 잃을까봐 불안에 떨었을 뿐, 나쁜 아이가 아니었다. 행동은 분명 잘못했지만 어른은 어른답지 못했다. 어떤 이유에서든 강한 자가 약한 자에게 폭력을 쓰는 것은 옳지 않다. 바른 어른으로 성장해야 한다는 가치를 담았다고 말하고 싶겠지만 그건 화풀이였다. 진짜 나를 위한다면 큰 채찍을 내리기 전에 무엇을 가르쳐야 하고 어떤 행동을 보여줘야 할지 어른은 배웠어야 했다.

'난 나쁜 아이가 아니야. 그동안 얼마나 아팠니? 이제 괜찮아. 때리는 훈육은 절대 하지 않을 거야. 마음이 풀릴 때까지 마음껏 울어야 썩은 눈물이 고여 아이를 아프게 하지 않아. 반드시 약한 자에게 화풀이 하지 않고 아이와 함께 성장하는 일상을 살아낼 거야.'

내 안에 아파하며 숨어 있던 약한 아이를 만났다. 떠오르는 태양을 보며 맹세했다.

아이가 바른 사람으로 성장하려면 가치있는 훈육이 필요하다. 훈육 이전에 꼭 기억해야 할 부분이 있다. 존 브래드쇼는 《상처받은 내면 아이 치유》에서 아이들이 가지고 있는 위대한 내면의 힘에 대해 말했다. 타고난 모습 그대로의 자연스러운 아이를 가리켜 '원더풀 아이'라 불렀다. 왜냐하면 원더풀 아이는 우리의 탐험에 대한 타고난 잠재력을 가지고 있거나 경이로움, 창조적인 존재가 될 수 있는 요소를 가지고 있기 때문이다. 아이들의 위대한 힘을 생활에서 발견할 수 있다. 가르치지 않아도 스펀지처럼 스스로 가장 사랑하는 어른을 닮는다. 모든 행동을 닮는다. 부모는 교육을 통해 인간이기에 누구나 가지고 태어나는 이 원더풀 아이를 이끌어내야 한다.

훈육을 위한 첫 번째 팁은 아이의 잘못은 곧 부모의 잘못이라는 자기 인식이 요구된다. 모든 아이들은 잘못이 없다. 무지한 부모를 통해 타고난 잠재력을 잃고 있는 그대로의 모습을 드러내지 못할 뿐이다. 아이의 잘못 된 행동을 바로 잡아야겠다는 생각이 든다면 엄마는 먼저 자신을 돌아보자. 아이의 행동이 어디서 시작되었는지 돌아볼 때 해답이 보인다.

내 가슴에 남은 훈육의 상처는 그 당시 내게 일어난 행동의 중요성을 말해준다. 분명 수정해야 할 문제가 있었기에 일어난 일이다. 극단적인 훈육은 행동수정은 쉽지만 상처를 남긴다. 아이를 어떻게 키워야 할까? 고유하고 특별하게 키워야 한다. 원더풀 아이의 독특함이 그대로 생활 속에 보여지도록. 엄마로부터 고유성을 인정받은 아이는 자기 자신을 존귀하고 특별한 존재로 인식한다. 그래서 밝고 건강하게 자란다. 자신을 귀하게 여기는 아이들이 자존감이 높고 어떤 일을 하던 좌절을 만났을 때 회복 속도가 빨라진다.

두 번째 팁은 수정하고자 하는 아이의 행동을 엄마는 한 문장으로 핵심을 담아 간략하게 정리한다. 중요한 문제일수록 어른답게 대처한다. 중대한 문제를 신속하게 빨리 풀려고 폭언이든 폭력을 행사하면 주객이 전도된다. 아이가 바르고 건강하게 성장하길 원하는 부모의 메시지는 잊고, 두려움에 주눅 드는 어두운 그림자를 가슴에 담을 수 있다. 엄마 머릿속에 핵심문장이 정리되지 않은 채

훈육에 다가서면 감정싸움이 될 가능성이 높다. 엄마가 정리한 한 문장은 아이와 엄마의 다음 행동에 큰 영향을 미친다. 수정하고자 하는 행동이 정리되지 않은 상태에서는 아이와의 대면을 피한다. 엄마의 메시지가 온전히 아이에게 전해져야 아이는 고유한 특성에 상처 받지 않으면서 행동 수정이 일어난다.

세 번째 팁은 중요한 문제일수록 한 번에 해결되지 않는다. 충분한 시간을 갖고 엄마의 메시지를 나의 관점에서 전한다. 감정 세분화가 덜 된 엄마 곁에서 아이는 신경질로 말하는 태도를 배운다. 엄마가 변하면 아이는 더 빨리 좋아진다. 엄마 먼저 행동 수정을 위해 노력한다. 엄마가 노력하다 보면 힘들다는 사실을 인식하게 되고 아이를 바라보는 시선에 여유가 담긴다. 훈육은 보여주는 것이다. 엄마의 잘못을 인정하고 하나씩 바꿔가는 일상을 아이에게 선명하게 보여주는 것이 느리지만 빠른 길이다. 중대한 문제일수록 현명하게 아이와 함께 힘을 모아 해결해야 아이는 성장해서 나보다 멋진 어른이 된다.

아이를 보면 유난히 화나는 구석이 있다. '내 잘못, 핵심 문장, 넉넉한 시간' 세 가지가 머릿속에 있지만 자주 폭발해서 아이의 행동을 단시간에 바로 잡기 위해 악을 쓴다. 그럼에도 세 가지를 기억하고 떠올리는 횟수가 깊어질수록 5번 내던 화에서 3번, 2번까지 아주 천천히 줄었다. 어설픈 엄마와 함께 살면서 원하는 것을 얻기 위해 간단하고 직설적으로 표현하는 방법을 아이는 배웠고 지금은 엄마를 뛰어넘는 배려 깊은 아이다. 어떤 이유에서든 폭력은 용서받지 못한다. 가장 사랑하는 아이를 잘못 훈육하는 것은 반드시 고쳐져야 하며 어른다운 어른 밑에서 아이들이 자라야 사회가 지금보다 조금은 더 밝아지지 않을까?

05

1톤 생각보다 1그램 행동이
먼저다

그림책을 주기적으로 전 영역별로 구입하다 보니 돈은 항시 부족했다. 줄일 수 있는 것은 최대로 줄였지만 보여주고 싶은 책은 늘었다. 도를 넘은 책값이 아이와 나를 키웠고 단단하게 만드는 행동력을 함께 허락했다. 책값을 감당하기 위해 마이너스 통장을 처음 만들었다. 생애 첫 내 집을 마련할 때, 갖고 싶은 자동차를 살 때 우린 대출을 이용한다. 집과 자동차는 잠시 나를 행복하게 해 주는 물건이다. 다음으로 미뤄도 인생에 크게 문제되지 않은 일에 대출하여 과시욕구를 채웠다. 그림책을 읽어주다 보니 집과 자동차를 살 때보다 아이와 내게 더 큰 즐거움을 주니 마이너스 통장 만들어 그림책을 샀다. 책빌려 읽어야 할 때가 있고 함께하는 일상을 위해 책을 소유해야 할 때가 있다. 아이와 나를 위해 책 소유에 집착했다. 책장에 잠든 책, 잠시 스치는 눈길에 제목만 읽어도 찰나에 즐거움을 느낀다. 아이가 책을 원하는 타이밍을 엄마가 알지 못하니 많은 책이 필요했다.

그림책으로 울고, 웃고, 떼굴떼굴 굴러다니면서 한글 깨치기

첫째, 노출시간을 늘려라.

유아는 초등학생이 한글을 배울 때처럼 좌뇌를 사용하지 않는다. 글자를 그림과 형태로 인식한다. 돼지, 고양이, 미끄럼틀, 밥, 시소 등 그림을 통으로 받아들이는 것처럼 글자도 유아에게는 그냥 그림이다. 그림책을 자주 읽다보면 엄마가 구분하지 못하는 어려운 동물도 기가 막히게 특징을 잡아 분류한다. 글자도 마찬가지다. 엄마는 밥과 밤을 좌뇌의 힘을 빌려 구분하도록 한글을 배웠지만 아이에게 밥과 밤은 유사하지만 구분하기 어려운 단어가 아니다. 엄마 눈에 바다와 코뿔소는 어렵고 쉬운 단어로 구분되지만 아이는 모양이 다른 그림이다. 어렵고 쉽고는 엄마 판단이다. 엄마의 기준으로 아이를 바라보면 잠재력을 펼 기회를 잃게 된다. 엄마 공부가 매순간 필요한 이유다.

노출시간을 늘리기 위해 온 집안에 글자로 도배했다. 물건마다 포스트잇을 사용하여 이름표를 달아줬다. 아이는 다음날 정성껏 달아놓은 이름표를 모조리 뜯었다. '우씨, 노출을 위해 잠 안 자고 달았건만 도대체 하는 짓이라고는 어휴' 한숨과 짜증이 온몸을 관통했고 그럼에도 계속했다. 종이를 뜯는 과정에서 한번 글자 봤다는 사실에 만족하기로 했다. 이름표를 달고 이야기를 자주하면 더 빠른 효과가 있겠지만 노출의 힘은 단순한 곳에서 나온다. 아이 눈에 띄기만 하면 된다.

둘째, 제목을 손가락으로 한 자 한 자 짚어서 읽어주기

놀이 달인 엄마의 비법을 모방했다. 코팅기 사고, 한글 자석놀이를 위해 칠판으로 벽면을 채웠다. 3시간쯤 만들고 고민하고 정성을 담았는데 5분 안에 흥미를 잃었다. 어질러 놓은 집안을 치우는 것도 힘들고 준비해야 할 도구가 많았다. 시간과 노력에 비해 효율이 낮았다. 길게 즐겁게 아이와 진행하려면 엄마가 많이 웃고 아이 눈높이에 맞춰 재미나게 진행해야 하는 단점이 있다. 호기심을 위해 아이가 좋아한다고 오래 끌고 가면 아이와 엄마는 기운이 빠져서 다음은 없다.

결국 아이와 엄마의 욕구가 채워지는 깊이가 다르기에 짜증으로 마무리가 되었다. 아이와 재미를 바탕으로 학습이 되려면 연인 사이에 일어나는 밀당의 묘미를 잘 활용해야 한다. 밀당에 서툰 나는 아이가 원하는 것 이상을 알려주다 지겨움을 샀다. 짧은 한글놀이를 위해 많은 시간과 비용을 투자하느니 차라리 안 하는 것이 아이를 위해 좋았을 거라는 아쉬움이 있다. 잠깐의 한글놀이보다 중요한 것은 지속력이다.

따라쟁이, 여러 가지 한글놀이를 시도했지만 가장 효과가 좋았

던 비법이다. 놀이에 서툰 엄마였기에 나는 읽어주기에 중점을 두었다. 당시 화장실 문을 닫고 잠시라도 마음 편히 똥 싸는 자유를 누릴 수 있다면 참 좋겠다는 것이 큰 바람이었다. 읽어주는 모든 책의 제목을 한 자 한 자 짚으면서 발음해줬다.

스스로 한글 깨치기에서 핵심은 확인절차는 반드시 무시해야 한다. 알아차리는 관찰이 필요하다. 한글을 그림책으로 가르친다고 아이의 인지 속도를 묻게 되면 아이는 자신의 능력을 보여주지 않는다. 책과 함께 행복한 일상을 만들어가는 고수 엄마들의 핵심전략은 인지 상태를 확인하지 않는 것이 특징이다. 관찰을 통해 아는지 모르는지를 판단하기보다 뭔가를 받아들이고 있구나 진행되는 것이 있구나 알아차림으로 끝난다. '너의 능력은 천천히 보여줘도 돼'라는 인내심과 기다림이 요구된다. 가장 쉽고 간단한 한글 익히기는 제목 짚어주며 그림책 읽어주기만으로 아이는 자연스럽게 한글과 가까워진다. 최고의 장점은 엄마가 오래 지속적으로 해줄 수 있는 심플함에 있다.

40개월 아기가 줄줄 읽기 시작했다. 엄마는 가랑비에 옷 적시듯 천천히 스며드는 그림책 읽어주기에 대한 확신을 얻었다. 다만 쓰기를 병행하지 않았다. 읽기와 쓰기는 다른 영역이다. 쓰기는 손가락 근육발달과 함께한다. 때가 되니 읽기의 힘이 쓰기에도 발휘되었고 유치원 받아쓰기 시간을 통해 두 달 만에 자연스럽게 되었다.

초등 6학년 엄마가 한글 깨치는 설명이 장황했다. 그 이유는 지금부터 본론을 말하기 위해서다.

옆집 엄마는 웃을 수 있는 상황이 나는 화나서 부글부글 끓어올랐다. "네가 자존감이 낮아서 그래. 엄마의 자존감은 아이의 자존감과 같아." 돌아오는 답이었다. 베스트셀러와 자기 계발의 핵심 화두는 20년째 '자존감'이다. 자존감을 가진 사람이 과연 몇 명이나 될까? 수억 명의 세계인 중 10% 내외라고 생각한다. 행복과 만족감이 낮은 우리나라는 더 적은 수치다. 나와 네가 자존감 없기는 똑같다. 자존감은 죽을 때까지 완성되지 않는다. 사랑은 언제나 미완성이라 아름답다. 미완성인 자존감보다 중요한 것은 실행력이다. 육아는 실전이다. 이론이 온전히 통하는 영역이 아니다. 육아 12년차, 아직도 가끔 자존감의 바닥을 본다. 자존감이 높은 엄마보다 자존감이 낮은 엄마의 실행력이 아이를 웃게 한다. 독서와 한글 깨치기로 육아의 날개를 달았다. 육아의 날개를 달아줄 핵심목표를 세우고 온전히 이루는 과정을 경험하면 육아는 쉬워진다.

자존감이 높은 엄마만 아이를 잘 키우는 것이 아니라 1만 톤의 생각보다 1그램의 행동을 이끄는 엄마가 기쁜 날이 많아진다. 생각이 많으면 행동의 효율을 논하게 되고 결과를 예측해서 움직임을 방해한다. 생각은 적당히 행동은 신속하게 적극적으로 움직이면 된다. 현재 육아가 힘들다면 작은 성공 기억이 얼마나 있는지 짚어보자.

자존감이 낮다고 평가받던 엄마는 이제 안다. 자존감이 낮지만, 실행력이 남들보다 뛰어나다. 자존감은 앉아서 머리로 나를 사랑하고 존중하자. 있는 그대로 바라봐주고 안아주자. 생각한다고 트지 않는다. 움직임이 많아질수록 자존감은 올라간다. 많은 것을 얻으려는 육아는 아무것도 얻지 못한다. 단 하나 아이를 위해 무엇에 집중해야 하는지 가지치기를 잘하는 엄마가 자존감은 낮아도 앞으로의 육아가 편해진다. 원하는 단 하나를 얻기 위해 오늘 어떤 행동을 할지 결정하고 움직이자. 한 번에 얻어지는 일은 어디에도 없는데 다가지려 하니까 육아는 진흙탕이 된다.

06
엄마는 이미 충분한
능력이 있다

소주를 유리컵에 한가득 부었다. 주량은 소주 3잔. 마시면 어김
없이 잠이 온다. 아이를 사랑하지만 나만 외딴섬에 떨어졌다. 아이
를 향한 책임과 의무는 남편과 함께 나눴지만, 자꾸 나만 힘들고
비참하고 외롭다. 독박 쓰는 기분은 머그잔 소주를 앞뒤 생각 없
이 마시게 했다. 목구멍이 찢어지는 쓴맛을 참고, 마시면 어지러
워 잠시도 참기 힘든 고통이 따를 것이다. 하지만 소주 때문에 연
기가 되어 날아갈지도 모른다는 작은 기대를 안았다. 비몽사몽 아
이 곁에 잠들었다.

소주 힘을 빌려 5시간 푹 자는 것이 소원이었지만 역시 예외를
허락하지 않았다. 벌떡 일어나 분유 타러 식탁으로 향했다. 술기운
이 온몸을 삼켰지만 남편과 말하기 싫은 감정은 똑똑히 남았다. 절
대 부르고 싶지 않았는데 "오빠, 오빠, 오빠 여진이 좀 봐." 남편이
달려와 아이를 안고 달래는 소리가 주방까지 들렸다. 뚜껑을 닫지

않은 채 젖병 온도를 측정했다. 울음소리는 나를 더욱 긴장시켰다. 차분하자. 정신차리자. 서둘지 말자.

쿵.

뚜껑이 덜 닫힌 젖병을 흔들며 뛰어가다 몸무게 70키로의 거대한 생명체가 바닥에 대자로 쓰러졌다. 뒤로 홀라당 미끄러지면서 머리부터 발끝까지 분유와 물 범벅이 되었다. 섞이지 않은 분유와 물이 눈앞을 타고 내렸다. 보지 않아도 느껴지는 몰골, 떨어질 때 충격으로 팔꿈치가 쓰려왔지만 수습하지 못한 채 다시 분유를 탔다. 술기운에 분유도 못 타는 엄마는 더욱 되기 싫었다. 잠결에 아이 안고 달래던 남편은 놀라움과 웃음을 감추지 못했다.

"방금 쿵 하던 소리가 네가 넘어진 소리였어? 나를 부르지? 독하다. 그 몸으로 젖병 들고 오는 넌 참말로 엄마다."

연기가 되기 위해 삼켰던 소주가 남긴 것은 수치심과 엄마는 자존심도 버려진다는 사실만 확인시켰다.

응답하라 시리즈로 푸근한 아버지상을 보여준 배우 성동일의 인터뷰 기사를 읽었다. 성동일은 사생아로 태어났기에 아버지에게 사랑을 받지 못하고 자랐다. 아동학대를 당한 기억도 있다. 사생아로 태어나 지금까지 아이 셋을 낳고 행복한 일상을 만들며 살지만, 아직 아내와 결혼식 못 올리고 산다는 안타까운 사연도 있다. 가난과 무명의 어려움이 가득 있지만, 지금까지 연기는 연기를 통해서 배우는 다작 배우 성동일을 움직이게 하는 원동력은 아내와 아이들이다. 사랑하는 아이들이 "아빠 피자 먹고 싶어요." 말할 때 가격 생각 안 하고 마음껏 먹게 할 때가 가장 행복하다고 말한다.

아이가 배고플 때 엄마는 어떤 상황이든 달려가 굶주린 아이의 배를 채워주고 싶다. 배고픔을 호소하는 아이를 보는 것은 고통이다. 차라리 내 배고픔은 참을 만하지만 아이가 원하는 것을 채워주지 못할 때 엄마는 고통스럽다. 이 안타까운 마음이 엄마의 능력이다. 연기로 전국민의 마음을 사는 배우를 움직이게 하는 힘도 가족의 배고픔이고 아는 것이 없어 안절부절하는 엄마의 실행력도 배고픔에서 나온다. 아이가 원하는 것이 있을 때 채워주지 못해 안타까운 마음이 든다면 우린 최고의 능력을 누군가로부터 부여받은 것이다. 아이의 정신과 육체의 배고픔을 달래주기 위해 엄마는 배우고 실천하면 된다. 안타까움을 느낄 줄 아는 최고의 능력을 부여 받은 엄마가 아이를 위해 한계를 모르는 힘을 발휘하려면 어떻게 해야 할까?

《공부하는 독종이 살아남는다》의 저자 이시형 정신과 전문의는 책에서 나이와 상관없이 훈련에 따라 달라지는 통괄성 지능을 말했다. 통괄성 지능은 현실을 파악하는 능력, 기획력, 의사 결정력, 관리 능력 등 많은 정보를 통합하고 통괄하는 능력이다. 통괄성 지능은 다른 지능과 달리 40세를 지나면서 더 올라가는 사람이 있는가 하면, 내려가는 사람도 있다. 엄마가 된 중년은 꼭 이점을 기억하자. 나이가 들면 유동성 지능에 해당되는 기억력은 떨어지지만, 결정성 지능은 올라간다. 결정성 지능은 지식, 경험, 지혜가 쌓여 인생관이나 사회관 등 관觀을 만들어내는 것이기 때문에 나이가 들수록 누구나 올라간다. 여기에 결단력, 관리 능력에 해당하는 통괄성 지능을 합친 힘이 나이의 공功이 된다.

기억력은 떨어지지만, 경험으로 축적된 엄마의 내공과 공부가 만나면 인생에 주어지는 문제를 합리적이고 효율적으로 풀어가는 문제 해결력은 높아진다는 의미다. 나이가 들수록 빛나는 사람이 있는가 하면 빛을 잃는 사람도 있다. 개인의 격차는 공부에서 나온다. 나이는 스스로 설정한 한계일 뿐이다. 30살, 35살, 40살 5년 단위로 기억력은 빠른 속도로 줄어간다. 읽은 책 제목과 저자를 기억 못하거나 감동 가득 받은 책을 처음 본 낯설음으로 마주할 때가 점점 많아지고 있다. 그럼에도 처음 아이를 만났을 때보다 12년이 지난 나는 현명하고 지혜로워졌다. 또 다시 12년이 지나 지금을 돌아보면 곳곳에서 어설픔의 흔적을 수없이 찾을 것이다. 공부하는 엄마는 점점 성장하고 달라진다. 나이와 상관없이 가장 똑똑한 날로 살 수 있다. 이건 과학이 증명한 인간의 능력이다.

사랑하는 아이를 위해 한계를 모르는 엄마로 살아가려면 첫 번째 엄마는 매일 똑똑해진다는 단순한 사실을 잊으면 안 된다. 이

전보다 배움의 느린 속도를 감지할지라도 이해력은 누구보다 높아진다. 빠르게 움직이는 젊은 날보다 먹은 밥그릇 수가 많아졌다. 내 몸을 통과한 밥그릇 수가 지혜로 바뀌려면 공부하는 일상은 기본이다. 또한, 공부하면 할수록 똑똑해지는 사람들을 지켜보며 힘을 얻자. 육아를 성장의 기회로 만든 엄마들은 생각지도 못한 곳에서 꿈을 펼쳐간다. 12년 전에 이렇게 글 쓰며 살게 될 것이라는 것을 알지 못했다. 엄마 공부 덕분에 아이와 상상 이상의 세계를 자주 경험하며 살고 있다.

누군가에게 인정받고 사회적 효용가치를 높이는 일에 몰두했다. 인생을 이끄는 진정한 공부가 아닌 많은 돈을 벌기 위해 암기와 남들이 만들어놓은 기준에 따라 움직이는 공부했다. 인정받았지만, 채울 수 없는 공허와 허탈이 찾아왔다. 공부할수록 멍청해지는 공부가 아닌 행복이 채워진 나만의 공부법이 있다. 엄마와 아이의 능력을 최대한 발휘하게 하는 두 번째 방법은 좋아하는 작가 10명 찾기다. 처음 엄마 공부 시작하고 좋아했던 작가와 지금 사모하는 작가는 다르다. 문제를 만났을 때 거인의 어깨가 되어 멀리 깊게 통찰력을 발휘 할수 있는 조언자 멘토를 10명 가슴에 담고 산다. 멘토보다는 스승이란 단어가 좋다.

정약용, 니체, 이동우, 이은대, 강준만, 신용준, 브렌든 버처드, 장석주, 강신주, 세스고딘까지 요즘 마음에 담은 저자다. 13년 동안 일관성 없이 스승은 변했다. 직접 찾아가서 저자의 기운을 담기도 하지만 대부분 책을 통해 만난다. 책은 인생을 지혜롭게 살도록 돕는 도구다. 이전에 좋아했던 저자가 마음에서 비워질 때 성장이 느껴진다. 문제가 생겼을 때 저자라면 어떤 조언을 할까 책 속에서 질문한다. 스승을 직접 선택하고 결정한다. 저자가 어떤 결을 가졌는지 알기 위해 저자가 남긴 많은 글을 읽으려고 노력한다. 책이든 기사든 글로 그들을 느끼려 노력할수록 엄마 문제는 쉽게 해결되었다.

'얼마나 많은 책 읽었나?'보다 중요한 것은 '책이 나눠준 지혜를 삶에 녹여내고 사느냐'다. 엄마의 삶에 조언을 구하고 도움 받으려면 적어도 어떤 마음으로 책을 썼는지 삶의 철학은 어떠한지 세심하게 살펴볼 필요가 있다. 스승 찾고 조언 구하는 과정에서 깊이 아는 저자가 많을수록 내 문제를 바라보는 시각이 달라졌다. 아이의 읽기에 무게 중심을 뒀을 때는 독서로 승부를 거는 방법을 알려주는 책을 주야장천 읽었다. '진정한 공부' 의미를 세우고 찾아가는 과정에 실패를 거듭하니 세상은 넓고 나란 존재의 오만함을 볼수 있게 된다. 소신에 따라 스승 열 분을 갖자. 성장하면 스승 업그레이드. 수없이 많은 멘토가 기다린다. 지금 조언을 구하는 스승이 늘 현명한 것은 아니니까.

멘토를 찾는 중에 독서법은 자연스럽게 터득한다. 저자와 대화하면서 비교, 분석력도 키워진다. 비슷한 유형의 문제를 두고도 저자마다 주장하는 입장이 다르지만, 때론 한길로 통할 때도 있다. 배움은 즐거워야 오래 간다. 어떤 것이든 '딱 이렇게 해야 한다'는 없다. 뜻대로 소신을 세워가는 과정에서 아이와 엄마는 철학을 가진 삶을 산다. 육체와 정신의 배고픔을 달래며 엄마는 매일 똑똑해질 수 있다는 사실을 잊지 말자. 나를 행복한 엄마로 '책과 사람'이 만들었다.

엄마, 퍼스널 브랜딩

2017년 여진이는 식물에 빠져 블로그 이웃들과 소통하며 살았다. 식물에 관한 글을 매일 올리고 이웃에게 씨앗 나눔을 배워 자신이 가진 200여 가지의 씨앗을 필요한 분들과 나눴다. 10대 말부터 20대 후반, 어른들과 손편지로 삶의 철학을 풀어낸다. 다듬어지지 않은 5학년의 보석 같은 아이 글을 읽으며 생각했다. 언제부터 엄마를 뛰어넘었을까? 나를 뛰어넘을 수 있었던 환경은 무엇일까?

3살 무렵 5개월 동안 왕복 7시간 거리에 위치한 대전동물원을 7번 찾았다. 가까운 거리에 대형 동물원이 없어서 새벽 다섯 시에 일어나 먹거리를 대충 챙겨 잠든 아이를 카시트에 태우고 길을 떠났다. 입장 시간에 맞춰 동물원에 도착하여 폐장시간까지 어슬렁거렸다. 세 살 아이를 무릎 위에 앉히고 엄마 아빠가 사파리 버스 속에 타인의 시선을 의식하지 못하고 환호를 지르니 함께 탄 어르신들이 웃었다. 아이 꽁무니를 쫓아다니면 녹초가 된다. 그럼에도 자연관찰 책에서 보던 동물을 실제로 보여주고 싶었고 아이 삶에 힘이 될 것을 알기에 피로는 이겨낼 수 있었다.

그림과 글도 중요하지만 자연을 손끝으로 느끼게 해주려 노력했다. 아이가 좋아해서 틈만 나면 대전동물원으로 출발했지만 일곱 번째 도착했을 때 아이의 반응은 달랐다. 동물원 바닥에 있는 개미를 따라 다니느라 정신없었다. 개미와 새에 빠져 대전동물원에서만 볼 수 있는 동물 관찰보다 땅바닥만 쳐다보고 몇 시간을 있었다. 한동안 멀리 오지 않아도 되니 돈 벌고 피로도 줄일 수 있으니 "굿" 하고 환호했다. 아이를 위하는 동물원이었지만 어르신의 말씀처럼 우리가 즐거웠기 때문에 아이에게 배풀 수 있는 환경이었다.

육아 10년 동안 다른 가족과 함께 여행한 적이 없다. 이유는 단순하다. 저질 체력이라 조금만 피곤하면 나도 모르게 화가 난다. 보통 때는 그냥 지나갈 일도 누군가와 함께 있으면 아이에게 날카롭고 남들 눈치보느라 온전히 아이에게 집중할 수 없었다. 세상은 혼자 사는 것이 아니기에 많은 사람과 어울리면서 인생을 배워가는 것이라 여기는 분들도 있지만 나는 그리 생각하지 않는다. 사람들과 어울림은 일상에서도 충분하다. 내 여행의 목적은 휴식이고 가족과의 대화를 만드는 장이다. 아이가 자랄수록 온전히 아이와 마주하는 시간은 짧아진다. 아이 시간을 엄마가 지켜준 경험은 훗날 아이를 단단하게 사는데 보이지 않는 힘이 된다.

박물관이나 미술관을 가면 엄마는 작아졌다. 가기 전에 사전 정보를 수집하고 떠나지만, 예술, 역사와 지리, 인문 사회 지식이 떨어지는 엄마는 할 말이 없었다. 물론 지리학과 선배는 아이 데리고 가지 말아야 할 곳이 박물관이라고 했다. 박물관에서 뭔가를 가르치려는 순간 아이에게 독이 될 수 있다는 의미였다. 아무것도 가르치지 않아도 아이는 스스로 배운다.

박물관을 이용한 학습, 놀이를 통한 학습, 미술관에서 품격을 만드는 방법 등 찾아보면 어려운 조언이 많다. 어려운 조언을 따라하다 아이의 흥미를 놓치는 일상이 아닌, 아이의 눈빛을 따라가면서 함께 느끼는 삶을 선택하자. 때때로 갈 곳이 없을 때, 일상에서는 조금 떨어진 동물원, 박물관, 미술관을 무지한 엄마는 아이와 그냥 걸었다. 걸을 때마다 똑똑한 엄마에게 기죽어 '조금만 더 아는 것이 많은 엄마를 만났다면 천재성을 매일 일상에 뿌리고 살았을 텐데.' 혼잣말을 했다. 여진이가 자유롭게 남긴 글을 읽으며 아이의 위대함을 온몸으로 느꼈다. 아이는 세상 어떤 곳에서든 배움을 익힌다. 산책 삼아 엄마의 이끌림으로 미술관을 걸었던 아이는 5학년이 되어 먼저 "엄마 나 미술관 가고 싶어." 말한다. 미술관이나 박물관에서 호기심을 불태우는 아이가 되었다.

어른들 세계에서 자기 계발 대세는 퍼스널 브랜딩Personal Branding 이다. 자신을 브랜드화 하여 특정 분야에 대해서 먼저 자신을 떠올릴 수 있도록 만드는 과정을 말한다. 퍼스널 브랜딩이 되면 명함이 필요 없으며 무한 경쟁 속에서 독보적인 위치를 차지할 수 있다고 유혹한다. 이미 잘 알려져 경쟁이 매우 치열한 특정 산업 내의 기존 시장을 의미하는 레드오션이 아닌 퍼스널 브랜딩을 구축하여 경쟁자가 없는 블루오션에 진입하기 위해 노력하라고 말한다. 고기가 많이 잡힐 수 있는 넓고 깊은 푸른 바다를 말하는 블루오션을 일반인들은 진입하기 어렵다고 불안을 만든다. 불안은 퍼스널 브랜딩 콘셉트 잡기와 전략 구축 자기 계발 강의로 이어진다.

경쟁 없는 퍼스널 브랜딩을 외치는 어른 사이에서 '엄마'는 아이를 퍼스널 브랜딩으로 만들고 싶어 안달난다. 얼마나 매혹적인가? 아이가 퍼스널 브랜딩 되면 어렵고 힘든 시기에 아이의 앞길이 열린다는대. 어른의 자기 계발 세계는 의지가 포함되어 있지만 아이의 퍼스널 브랜딩 구축에는 아이 의지보다 엄마의 기대감으로 움직여야 하는 열악한 상황에 놓인다. 의지에 따라 자기 계발 세계에 들어가도 갈 길이 멀고 쉽지 않은데 노는 것이 좋은 아이들은 얼마나 힘들까? 블루오션에서 입지를 굳히는 아이를 만들기 위해, 전략과 전술을 위해 좋은 피드백을 주는 사람을 찾는다. 성장을 위한 피드백을 선생님이나 엄마가 주고 싶어 한다.

팀 펠리스의 《지금 하지 않으면 언제 하겠는가》에서 닉 스자보의 피드백에 관한 생각을 가슴에 담았다. 컴퓨터 공학자이자 법학자이고, 세계적인 암호학자이기도 한 닉 스자보. 비트코인의 선구자로 평가 받는 비트 골드Bit Gold를 디자인하기도 했다. 다재다능한 닉 스자보의 코칭 메시지의 핵심은 간단하다. "피드백은 독이다." 닉 스자보는 자신의 일에서 끊임없이 독창적인 아이디어를 꺼낼 줄 아는 인물로 명성이 자자하다. 그의 사무실은 늘 창조적인 영감을 구하는 젊은 사람들로 북적인다. 이름만 대면 알 만한 젊은 기업가부터 멘사 회원에 이르기까지 뛰어난 사람들이 그의 조언을 위해 모여든다. 닉은 "타인의 피드백에 신경 쓰지 않는 태도가 필요해요." 닉처럼 아이디어를 쏟아내고 싶은 사람들이 길을 찾고 싶어 물으면 어이없다는 듯이 말한다.

피드백이 필요한 순간도 분명 있다. 다만 엄마 공부를 12년 하고 보니 피드백보다 중요한 것은 내 뜻대로 살아보는 과정이다. 누구나 누려보고 싶은 퍼스널 브랜딩 구축을 위해 엄마가 기억할 것은 다섯 가지다.

① 자신과 대화한다.
② 대화를 근거로 목표를 설정한다.
③ 목표를 바탕으로 행동한다.
④ 목표와 성과를 비교한다.
⑤ 이 과정을 계속 반복한다.

엄마가 습관이 되면 피드백 없이 아이는 자신의 길을 찾아간다. 아이가 원하는 피드백이 필요한 순간은 아이가 결정한다. 퍼스널 브랜딩은 피드백으로 이루어지는 것이 아니라 아이가 뜻대로 살아 보는 과정에서 넘어지고 일어나길 반복하면서 스스로 만들어가는 것이다. 엄마의 어설픈 피드백과 나와 비슷한 환경에서 자란 사람들의 피드백으로 아이를 틀에 가두지 말자. 지나고 보니 아무 말도 못했기에, 아이에게 나눠줄 지식이 없었기에, 아이는 책과 자연을 통해 나를 뛰어넘는 성장의 길을 걸었다. 엄마는 묵묵히 위대한 자연 환경을 접할 기회와 일정한 양의 책만 제공해도 아이는 그 속에서 싹을 틔우고 스스로 관리한다.

제 5 장

—

엄마로
살아가는
기쁨

01
엄마 책을 씹어먹는 아이

10살까지 수십 가지의 전집을 구입했다. 집에 잠깐 머문 전집도 있고 유아기에 보던 전집이 아직 한곳을 차지하기도 한다. 단행본과 전집의 질을 따지는 사람들은 전집의 특성을 과소평가한다. 코스로 나온 한정식을 눈과 입으로 즐기며 아이는 다양한 맛을 본다. 엄마가 좋아하는 음식을 아이가 꼭 좋아해야 할 이유는 없다. 내가 전집을 사는 이유는 코스 요리를 품은 한정식과 같은 책 환경을 마련하기 위해서다.

엄마가 아동 문학 전문가도 아니고 또는 수천 가지의 책을 읽은 경험이 있는 것도 아니고 아이의 호기심을 엄마가 알아차리기 힘들다. 단행본의 우수성을 주장하는 분은 다독의 장점을 잊은 듯하다. 아이가 즐거움으로 책에 빠져들기 시작하면 단행본으로 욕구를 채우기 힘든 순간이 온다. 전집을 구입한다고 모든 책을 아이가 봐야 한다는 틀만 버리면 된다. 전집은 양을 채우는데 꼭 필요한 부분이다. 엄마가 원하는 그림톤이 있고 아이의 시선을 당기는 그림책이 있다.

한정식에서 산낙지의 맛을 안 아이처럼 많은 책에서 아이는 호기심의 영역을 발견하기 쉬워진다. 여기서 전집 가격이 사악하여 문제가 된다. 사악한 가격의 전집만 있는 것이 아니라 중고와 저가 브랜드도 많다. 명품 좋아하는 엄마들은 전집에서도 고품격을 찾는다. 사악한 가격의 전집보다 길가에 버려진 책을 주워왔더니 대박나는 경우도 있다.

갖다 버렸으면 좋겠다고 생각되는 책이 아이의 품에 오래 머물기도 했다. 가격이 모든 것을 결정하는 것이 아니며 엄마와 전문가의 추천도서가 아이의 눈길을 잡는 것도 아니다. 고품격 한정식을 매일 먹으면 어떻게 될까? 비만은 물론 가정 경제에도 치명타다. 비싼 랍스타를 매일 먹는다면 랍스타를 볼 때마다 감동이 같을까? 랍스타를 좋아하는 아이는 자주 먹지 못하니 집에 들어오는 슈퍼 광고지 속 랍스타 행사를 즐기기 위해 몇 킬로를 걸어가는 열정을 발휘한다. 걷기 싫어해서 랍스타 한 마리 사려면 걸어가야 한다는 조건을 달았더니 웃으면서 씩씩하게 침이 꼴딱꼴딱 넘어가는 설렘을 안았다.

10년을 남들처럼 마음껏 즐기지 못하고 책값을 충당했다. 물론 도서관이 두 곳이나 있지만 웬만하면 책은 소유한다. 구입한 모든 책이 아이에게 대박이었을까? 전혀 그렇지 않다. 다 보지 못한 전집도 있고 그 속에서 자신이 좋아하는 보물도 찾았다. 몇 권의 빛나는 주연을 위해 조연이 함께했다. 깨끗한 책은 나와 아이를 키운 도서관에 기증한다. 육아를 책으로 배웠다. 키스를 책으로 배워 어설픈 연애담에 웃듯 책으로 육아를 배웠더니 서툰 구석이 한두 곳이 아니었다. 하지만 책으로 배운 육아는 임계점을 지나면서 쓸데없는 잡소리에 흔들리지 않는 소신과 철학을 선물했다.

어린 시절 책 읽은 기억이 없는 나는 그림책을 읽어주면서 창작동화의 매력에 빠졌다. 생생하게 꿈꾸고 싶어도 상상이 안 되는 이유는 첫 번째는 상상력을 키워주는 그림책을 안 봤기 때문이다. 두 번째는 어두운 그림자가 날 집어삼킨 과거가 있기에 꿈도 소심하게 꾸었다. 현실은 꿈에 닿을 수 없는 곳에 나를 데려다 놓았다. 많은 좌절을 만나면 꿈이 소심할 수 있다. 어둠의 그림자가 있는 어른은 생생하게 꿈꾸는 일이 힘들 수 있다. 이럴 때 아이와 함께 그림책을 읽어보자.

10살을 기점으로 책 구입 판도가 달라졌다. 아이가 엄마 책을 함께 보기 시작해서 내 책을 더 많이 산다. 엄마의 읽고 쓰는 모습을 보면서 신기한지 살금살금 엄마 책을 정복했다. 재미없거나 이해되지 않거나 눈길을 끌지 못하면 아이는 언제든 멈춘다. 엄마 책은 읽으라고 말할 이유가 없기에 부담 없다. 단지 호기심으로 들었다 재미있으면 끝까지 읽고 지루하면 멈춘다. 육아의 임계점을 지나 모든 시간과 에너지를 내게 쏟았다. 아이가 무엇을 하는지 챙겨볼 여유가 없었고 마흔 직전 육아의 터널이 아닌 나의 과거와 미래 때문에 불안한 터널에 갇혀버렸다. 이전에는 책을 읽으면 줄만 그었다. 책을 모시고 살았다. 닳을까 아슬아슬 줄타기 하듯 귀하게 대접했다. 터널에 갇히자 책을 씹어 먹었다. 줄 긋고 떠오르는 생각을 빠짐없이 빈 공간에 적었다. 빈 공간이 부족해 메모지까지 동원하여 읽으면서 속 찌꺼기를 쏟아놓았다. 여백에 나를 위한 질문과 반성을 쏟아 놓았는데 아이가 엄마 책을 읽었다.

일 년 전에 책과 대화했던 나와 지금의 나는 조금 다른 모습이다. 한달 전에 쏟아놓았던 찌꺼기가 우습게 느껴지는 날도 있다. 이전에 독서하면서 찾았던 핵심 키워드와 현재 바라보는 본질이 다르다. 결국 사람은 책 읽는 행위만으로 매일 성장한다. 생각의 흐름을 책 속에 남겼더니 어떤 사람으로 성장했는지 흔적이 보였다. 이 흔적이 내게는 생각의 역사이지만 아이에게는 선입견이 된다. 아이 스스로 영역을 확장하여 엄마가 보는 어른 책 세계까지 바짝 추격해 왔다. 같은 책을 읽고도 엄마가 머리로만 이해한 것을 아이는 일상에 저자의 생각을 드러내고 산다. 정철의 《카피책》을 읽었을 때 엄마는 리뷰 쓰고 자랑질하고 있을 때, 아이는 카피책으로 카피 만드는 연습하며 혼자 즐겼다. 사람의 마음을 얻는 카피는 어떻게 이루어지는지 실험하기 위해 엄마도 관찰했다.

여진이는 지금껏 신경 써서 만든 독서록이 없다. 잡종으로 책을 읽는 아이를 보고 누군가 묻는다.

"우리 아이는 보는 책만 보는데, 여진이처럼 전 영역을 보지 않는다. 여진이라서 그런 거죠? 모든 아이들이 골고루 균형에 맞게 책을 읽지 않아요."

"아이를 얼마만큼 믿으시나요? 믿는 만큼 아이는 자란다는데 엄마의 믿음은 어느 정도인지 가늠해보셨나요?"

이렇게 질문을 돌려준다. 아이는 자신의 욕구가 채워지면 확장한다. 만화책만 보던 아이가 양이 채워지면 관심분야는 넓어진다. 좋아하는 영역만 주야장천 읽던 아이도 양이 채워지면 스스로 호기심을 다른 곳으로 옮긴다. 아이에게 균형 잡힌 독서는 중요하지 않다. 독서의 임계점이 채워지면 지루해서 심심해서 영역을 확장한다. 아이의 내공을 믿지 않고 타인이 잡아놓은 기준에 맞추려 하지 말자. 균형 잡힌 독서가 이루어지지 않는다고 여기는 것은 아이를 향한 믿음이 부족해서가 아닐까?

책의 위대함을 느끼는 정도는 사람마다 다르다. 책으로 빨리 가고 싶은 사람은 책을 대하는 정해진 자세를 논하겠지만 위대함을 아는 사람은 주기적으로 책 읽는 행위만으로 사람이 변화된다는 경험을 온몸으로 한다. 내가 책이 위대하다 느끼는 이유는 방법과 절차를 전부 무시하고도 읽는 행위만으로 임계점이 지나면 반드시 변화가 온다는 것이다. 읽으면서 나름의 독서법과 나답게 살아가는 철학을 세우면 된다. 방법이 먼저가 아니고 책과 친해지는 것이 먼저다. 책의 위대함을 몰랐던 나는 육아서와 자기계발서만 봤다. 모든 책이 자기계발서다. 행복하게 살기 위해 나를 변화시키고 노력하는 일상을 통해 자존감을 세우기 위해 책을 읽는 거 아닌가? 이런 마음으로 책을 읽으면 모든 책이 자기계발서다.

사회가 정해 놓은, 편하고자 만든 십진분류법 기준에 나를 끼워 맞출 필요가 있을까? 병법서를 읽으면서 육아 팁을 얻었다. 미술책 읽으면서 나다운 모습은 어떤 것인지 생각했다. 《이방인》을 읽으면서 나답게 살고 싶다를 열망했다. 《한비자》를 읽으면서 엄마 리더십의 장·단점 파악했다. 이토 조이치의 《나인》과 함께 앞날의 불확실성을 인식하고 오늘은 무엇을 할지 고민했다. 어떤 마음으로 책을 읽는지가 중요하지 균형 잡힌 독서를 위해 효율을 따지는 것이 우선순위는 아니지 않을까? 책의 위대함이란 누가 읽느냐에 따라 저자의 메시지가 다르게 반응한다는 사실이다. 해석을 내 마음대로 해도 욕할 사람, 효율을 따질 사람이 아무도 없다.

세상에 수없이 많은 책이 존재하며 해석은 수만 가지로 달라질 수 있다. 읽기의 시작은 끌리는 것, 좋아하는 것이면 충분하다. 다만 수없이 많은 종류의 책이 나를 기다리고 있다는 사실을 잊지 않는다면 상상할 수 없는 곳까지 영역이 확장될 것이다. 아이와 책의 위대함을 믿는다면 효율적인 방법을 찾기 전에 온전히 저자가 내게 전하는 메시지를 듣기 위해 귀를 여는 자세부터 배우자. 내가 알려주지 못하는 깊은 것까지 책은 아이에게 이야기한다.

02
바보존을 확장해가는
아이

만 5년 24시간 독점 육아를 마치고, 6살에 고요한 숲을 담은 자연체험 유치원에 당당히 걸어갔다. 첫 조직 생활의 시작. 늦잠으로 일관하던 아이는 즐거운 마음을 품었고 새벽같이 일어나 유치원 가는 시간을 기다렸다. 콧노래를 부르며 원복 입고, 연신 거울 보며 꿈에 그리던 노란 버스를 기다린 아이는 딱 한 달 만에 유치원에 가고 싶지 않다고 울었다. 이때부터 엄마는 '사회성'이란 이름을 가진 어두운 터널에 갇혀버렸다. 현실에서 마주한 사회성, 이겨내야 하는 환경은 책과 달랐다. 분명 책으로 사회성이 길러진다 말했건만 '개뿔'.

그림책 읽어주기로 아이의 생각 그릇 키우기에 독기를 품고 지냈기에 현재 빛나지 않아도 고등학생이 되면 분명 진가를 드러낼 것이라는 설렘이 있었다. 경험상 월등한 격차를 만드는 성적 우수자 중에 독서력을 갖추지 못한 아이는 없다. 탁월한 독서력을 가졌

184

다면, 성적에서 우위를 얻지 않아도 그 아이는 어떤 일을 하든 주도적으로 삶을 이끈다. 공부나 줄 세우기 실력에는 전혀 두려움이 없었다. 다만 사회성은 유치원을 시작으로 엄마의 발목을 만 5년이나 잡았다.

아이가 유치원 가기 싫다고 울고 떼쓸 때 답답한 마음에 누구의 지혜라도 얻고 싶어 입을 떼면 기승전결 답은 하나였다.

"책만 읽었고 어린이집을 다니지 않아 사회성이 떨어진다. 또래 속에서 싸우면서 스트레스를 이겨가며 단체 생활을 배워야 한다."

책 육아로 배려를 배우고 아이의 행복을 위해 애쓰는 육아 고수들은 사회성을 책 속에서 배울 수 있다고 말했다. 다만 실패는 말하지 않고 사회성 좋은 아이로 자란 결과만 보여줬다. 현실은 어른의 배려 속에 자란 아이가 또래 아이와 소통을 시작하면서 일찍 어린이집을 다닌 아이들보다 상처받는 경우가 더 많았다. 자존감이 낮아 트러블에 승자가 되지 못하는 것이 아니라 아이 성향에 따라 상처받는 기간이 다를 뿐이다. 모든 일에 시행착오가 있듯이 아이마다 적응하는 시기가 다르다. 책을 통해 배운 소통이 빛나려면 시간이 필요하다.

유치원에 간 엄마는 잠들기 전후에 우는 아이를 보며 갈팡질팡 노심초사했다. 엄마가 보고 싶어서 자주 눈물이 날 것 같다 하니 유치원 수첩에 엄마 사진을 넣어줬다. 출석 도장을 찍기 위해 수첩을 보는 순간 힘을 얻으라고 자주 응원의 손편지를 적었다. 먹기 불편한 음식을 끝까지 먹어야 해서 불편하다고 하면 숟가락 통에 아이의 걱정을 한입에 꿀꺽하는 '걱정 인형'을 그렸다. 아이가 유치원 가는 것을 두려워하는 진짜 이유를 정확하게 알 수 없었다. 유치원에서 어떤 일로 마음이 아픈지 정확하게 설명하지 못하는 아이를 이해할 수 없었고 선생님도 잘 지내고 있다고 전했다. 아이들은 주기적으로 유치원에 오기 싫어한다. 당연한 일이며 크게 염려할 일이 아니라고 안심시키기 바빴다. 지나고 보니 책 읽은 아이라면, 엄마가 여유 있다면 굳이 유치원 교육이 필요하지 않다는 결론이 있다.

유치원 2년 동안 아이들 속에서 싸우면서 스트레스를 극복하고 친구 사이를 배워야 하는 것인지, 아이들의 사회성은 어떻게 길러지는지 고민했다. 이왕 시작한 유아교육 과정은 꼭 졸업해야 하는 거라고 다독였다. 역시 완벽주의 기질이 강해 한번 입학한 곳은 무조건 적응해야 한다는 신념을 발휘했다. 아이를 걱정하는 마음과 실패를 안기고 싶지 않은 얄팍한 자존심으로 2년을 버텼다. 다른 집 아이들은 즐거운 유치원 생활이 왜 우리 아이만 어려운 걸까? 진짜 책만 봐서 친구들과의 트러블을 견디지 못하는 것인가? 다른 집 아이들처럼 왜 미주알고주알 자세히 말하지 못할까? 어른과 대화가 자유로운 아이가 왜 유독 유치원 이야기는 자세히 하지 않을까? 무엇을 잘못해서 아이가 단체 생활을 힘들어하는지 이유를 생각했지만 뾰족한 방법은 없었다. 고민하는 사이 졸업이 코앞에 다가와 아이에게 유쾌한 졸업 선물을 전했다. 온전히 두 달을 쉬고 졸업식만 참석했다.

아이가 유치원이 싫었던 이유 중 하나는 급식이었다. 엄마가 주던 맛이 아닌 낯선 음식을 모두 다 먹어야 하는 강박을 얻었고 반찬을 남기자 여러 번 하교 직전까지 다른 아이가 활동할 때 소외된 채 도시락 통과 마주했다. 아이가 급식이 힘들다고 말했지만 급식으로 인해 활동에서 소외된 사실을 말하지 않았다. 유치원 이후 강압적인 급식은 없었지만 어두운 그림자를 지우는데 4년이 걸렸다. 예민한 미각이 골고루 잘 먹어야 한다는 목적의식에 아이가 두려움을 안았을 뿐이다.

"급식이 힘들지만 내가 이겨내야 하는 부분이고 선생님을 엄마에게 나쁘게 표현하고 싶지 않았어. 친구나 선생님에 관한 부정적인 느낌을 말하고 싶지 않았어."

아이에게 친구, 선생님, 엄마는 절대적인 힘을 가진 사람이다. 상대의 이기적인 행동을 어른처럼 판단할 센스가 부족하다. 읽은 그림책에서 '선생님, 친구를 사랑하며 지내야 한다' 얻은 교훈을 실천하며 살았다. 그것이 자신을 힘들게 했지만 참고 인내하며 기다렸다. 상대의 잘못으로 인해 자신이 상처 받지만 배려를 먼저 선택했다. 이 모습을 보며 어설픈 엄마는 아이가 자존감이 낮아 자신을 보호하지 못하는 것 아닐까 오래 의기소침했다. 아이는 자신을 지키는 것은 배려를 아는 삶이라 어릴 적부터 굳게 믿었기에 엄마에게 힘들다는 감정을 전했을 뿐 겪고 있는 그대로를 전달하는 시간은 갖지 못했다. 아이의 철학과 소신을 읽어내지 못한 엄마는 '자신을 보호하는 법'을 알려주면서 다그쳤을 뿐이다. 인간관계의 승자가 되는 비법을 전수하는 멘토가 아니라 꼬옥 안아주는 엄마가 필요했다.

차동엽 신부가 쓴 《바보존》을 통해 아이가 그림책으로 얻은 신념과 철학이 행복과 성공을 부르는 무한 성장동력이 될 것을 믿게 되었다. 이해타산을 모르는 사람, 발상이 자유로운 사람, 동정심이 유난히 많은 사람, 희생적인 사람, 순수한 사람을 일컬어 세상은 바보라고 부른다. 바보는 세상과 다른 셈법을 쓴다. 내가 상처 받았기에 돌려주겠다, 나를 지키기 위해 타인을 비하하고 밟고 올라서지 않는다. 계산에 둔하여 비웃음을 사고 세상의 눈에 바보는 천상 실패자로 보이지만, 바보는 최후의 승자가 된다.

아이들은 어른보다 예민하고 유연하다. 우리가 보는 대로 아이들이 보게 해서는 안 된다. 아이가 바라보는 세상에 우리 눈을 맞춰야, 비로소 익숙함에 가려졌던 크고 작은 문제점들이 눈에 들어온다. 이제 아이의 말을 듣고 피드백을 주거나 엄마가 경험한 것을 전하려 애쓰지 않는다. 예민하게 타인을 배려하는 아이는 세상에 둘도 없이 소중한 '나'를 알기에 너의 존재도 소중하다. 이 단순한 논리로 아이는 타인을 평가하고 단점을 드러내어 엄마에게 이르는 것이 아니라 친구와 타인의 행동을 인정하고 자신과 분리시켜 생각하는 법을 서서히 배우는 중이었다. 아이의 바보스러움을 옆에서 지켜보는 엄마는 불안, 초조를 예기치 않게 경험했고 아이의 순수한 마음을 알아보지 못하는 주변인으로 억울해 했다. 바보스러운 아이는 엄마의 잘못된 교육관으로 자존감을 얻지 못했다고 주변 평가에 흔들렸다.

아이가 첫 조직생활을 시작한 지 8년이 지났다. 그 사이 아이는 책 덕분에 무너지지 않았고 남의 시선에 매이지 않으며 자신의 길을 걷고 있다. 황소걸음으로 느린 삶을 누리며 읽고 쓰면서 하루하루 자신의 시간에 충실함으로 다가간다. 꾸밈없는 솔직함으로 타인과 마음을 나누고 친구에게 도움이 되는 일상을 만들기 위해 늘 말조심한다. 장난으로 포장되어 상대에게 모멸감을 심어주는 쓸모없는 말에 가끔 상처받기도 하지만 똑같은 사람이 되지 않기 위해 자신을 돌아보고 좋은 언어로 세상과 소통하려고 노력하며 살고 있다. 아이는 목적 지향적인 삶을 살지 않고 과정 지향적인 바보 삶을 산다. 그래서 '미련하다'는 핀잔을 듣는 경우가 앞으로도 많을 것이다. 아이가 사는 미래는 '창조적인 게으름뱅이'를 원한다. 시간의 노예가 아니라 주인으로 사는 삶 말이다. 남들처럼 살지 않는 바보, 시간을 부리는 사람으로 살 수 있도록 지켜주고 싶다.

03

아이를 위한 단 하나의
핵심 키워드

초등 과정 6년 동안 가장 신경 쓴 부분은 학교 수업을 듣는 태도였다. 학교 수업을 완벽히 소화했다면 하교 후 모든 시간이 자유다. 엄마 마음은 규칙적인 공부습관을 위해 연습이 필요하다 싶지만, 아이가 원하지 않으니 보름을 유지해본 적 없다. 하교 후 자신을 위해, 자신이 하고 싶은 대로 살기 위해 아이는 선생님 말씀에 최선을 다해 경청한다. 초등학생 6학년 아이가 터득해야 할 것은 경청의 기술이다. 듣기가 되어야 아는 것과 모르는 것을 구분하는 힘, 메타인지가 발달한다. 듣기가 되어야 질문이 나온다. 질문과 호기심이 만나 아이를 공부하게 한다. 학교 수업을 잘 따라가고 성적을 올리기 위해 사교육을 많이 한다. 무분별한 사교육의 가장 큰 부작용은 경청을 방해한다는 것이다.

선행학습이든 후행학습이든 집중력이 길지 않은 아이가 같은 내용을 반복적으로 들으면 자신도 모르게 귀를 닫는다. 예를 들어 따라가기 힘들다는 이유로 수학을 선행학습하면 처음 들을 때는 어려워서 생각하면서 듣지 않는다. 아이들은 선행학습할 때 지금 배우지 않아도 되는 단원이라는 사실을 안다. 미리 배울 필요를 엄마만큼 느끼지 못한다. 두 번째는 학교에서 선생님의 수업에서 들은 기억이 살금살금 올라오면서 '아 들어본 적 있어. 저거 어려웠는데 여전히 어렵군.' 하고 귀를 살짝 닫는다. 복습이나 시험을 위해 반복 학습을 세 번째 하면 아이들은 지겨워진다. 자신이 무엇을 아는지 모르는지 판단하지 못하고서도 안다고 착각한다. 세 번이나 들었으니 이제 들을 필요가 없다고 자신을 속인다.

같은 단원을 3번 듣는 동안 선생님 말씀에 온전히 귀를 열지 않는다. 아는 것은 없는데 많은 시간 앉아 있었기에 자신은 공부를 많이 했다고 착각한다. 질적인 공부는 하지 않고 '수학은 어려워, 머리가 나빠' 남 탓한다. 초등학교에서 배워야 하는 핵심은 타인의 말을 듣고 자신의 상황에 맞게 적용하는 경청이다. 귀 기울여 듣는 연습이 되지 않으면 학습능력이 떨어진다. 사교육은 경청하는 습관을 잡아주는 것이 아니라 오히려 듣기를 방해한다. 일등 할 필요는 없지만, 경청은 꼭 배워야 한다.

경청이란, 상대의 말을 듣기만 하는 것이 아니라, 상대방이 전달하고자 하는 말의 내용은 물론이며, 그 내면에 깔려 있는 동기動機나 정서에 귀를 기울여 듣고 이해된 바를 상대방에게 피드백feedback까지 줄 수 있는 것을 말한다. 단순히 듣는 것에서 머무는 것이 아니라 보이지 않는 상대의 심리를 읽고 적재적소에 질문까지 던질 수 있는 효과적인 커뮤니케이션의 중요한 기법이다. 초등학교는 친구와 선생님과 소통을 배우는 시기다. 경청이 자연스러워지면 성적은 물론 사회성도 길러진다.

학교에서 평가하는 학습목표를 집에서 따로 공부하지 않고도 좋은 성과를 낸 이유는 독서를 통해 경청을 배웠기 때문이다. 정해진 커리큘럼에 맞게, 학습목표에 맞게, 개발된 것이 아니라 여러 분야의 책을 자유롭게 읽는 과정에서 저자에게 귀를 여는 연습이 오랫동안 진행되었다. 다독을 통해 길러진 경청은 어떤 과목을 만나도, 낯선 단원이 나와도, 아는 것과 모르는 것을 구분하고 질문을 통해 스스로 피드백을 구하는 영역까지 확대되었다.

"한 학기 동안 모범을 보이는 친구에게 주는 표창장이야. 선생님이 모범 어린이를 뽑을까? 너희들이 한 학기 동안 모범을 보인 친구를 뽑을래? 물어보셨어. 친구들이 의견에 따라 투표로 결정했어. 내가 월등한 격차로 모범어린이 표창장을 받게 되었지."

고학년부터 인기녀가 아닌 친구들이 뽑아주는 모범 아이가 되었다. 초등전문가 김선호 선생님의 저서《엄마를 이기는 아이가 세상을 이긴다》를 통해 모범상이 의미를 새겨본다. 아이들은 모범적인 것과 단순히 인기가 많은 것을 구분할 줄 안다고 한다. 아이들이 말하는 모범적인 모습은 간단하다. 초등학생들에게 모범을 보이는 아이의 기준은 자기가 가진 것을 남에게 나누어줄 줄 아는 친구다. 조용하면서도 친구들에게 보이지 않게 긍정적인 영향력을 주는 아이 말이다. 사회성은 사리판단이 빠르지 않은 아이들이 싸우면서 터득하는 것이 아니라 친구의 말을 듣는 경청과 부모의 따뜻한 보호 아래 배우는 것이다. 친구에게 양보하기, 서로 다른 의견 조율하기, 친구 행동 있는 그대로 바라보며 함께 어울리기, 간섭이 아닌 필요할 때 도움주기, 친구와 나의 문제를 분리하고 일정한 간격을 유지하며 사랑하기 등 사회성의 기초는 엄마와 가족 안에서 배워야 한다.

나 역시 심지가 약해 아이 마음을 읽고 피드백하는 경청이 부족했다. 옆집 엄마의 평가에 괴로워하고 책이 사회성을 키우지 못할까봐 불안했다. 아이는 사회성이 부족한 것이 아니라 관찰력을 키우는 중이었다. 만 5년을 엄마와 책과 자연 속에 살다 친구와 선생님이라는 타인을 만났다. 책에서는 분명히 친구들과 트러블이 생길 때 진심을 말하고 조율하라고 배웠는데 말이 통하지 않는 아이들이 있었다. "NO"를 말하는데 "YES"로 알아듣는 친구가 있다. 생각을 소신껏 말하는데 목소리 큰 아이가 이기는 경험이 반복되어 말하지 못했다. 친구의 말보다 자신의 생각이 더 중요하여 간섭하고 강요하는 친구가 있다. 어른은 간혹 이걸 사회성이나 리더십 이타주의 행동이라 착각할 뿐이다. 책이 사회성을 가르치지 못한 것이 아니라 트러블 있는 환경에 노출된 횟수가 월등히 적었기에 적응

기간이 필요했을 뿐이다. 타인과의 적응기간은 누구에게나 필요하며 부모를 통해 존중 받은 아이는 회복력을 높이는 기회를 얻는다.

아이를 위한 단 하나의 핵심 키워드

아이와 나를 위해 단 하나의 핵심 키워드를 찾았다. 그래서 1년 동안 하나만 깊게 배우자고 결심했다. 많은 것을 기억하려다 소중한 단 하나를 놓치는 일이 없도록 가장 약한 부분이 무엇인지를 관찰했다. 관찰은 판단하지 않고 한 발짝 물러나 아이를 바라보는 것이다. 핵심 키워드는 관찰을 바탕으로 아이의 동의를 얻어야 성공 확률이 높아진다.

3학년 여름 방학 때, 여진이는 2박 3일 캠프를 떠나고 싶어 했다. 캠프 일정 중에 워터파크에서 즐기는 프로그램이 있었다. 체육에서 늘 좌절하는 아이에게 운동이 필요했고 수영이 적절했다. 1년이 얼마나 긴 세월인지 알지 못하는 아이는 동의했고, 1년 동안 주 5회 레슨을 무사히 마치고 캠프를 떠났다. 운동을 즐기지 않는 아이는 레슨을 쉬고 싶어 했고 그때마다 왜 수영을 배우는지 돌아보면서 수영 실력을 높였다.

4학년 여름 방학이 끝날 무렵 엄마와 상담하고 싶다는 아이와 마주했다. 친한 친구가 없어서 외롭고, 친해지고 싶은 친구가 있는데 가까이 가기 힘들다고 자신만 외톨이라 명했다. 노트에 친구들 이름을 모두 적었다. 한 명씩 마음에 느껴지는 친밀도와 불안감을 숫자로 기록했다. 감정을 조금 대략적으로 '퉁치기'가 아니라 불안감과 친밀감으로 100을 기준으로 점수를 매겼다. 방학이 끝나고 생활하면서 느껴지는 불안과 친밀함이 어떻게 변하는지 지켜보기로 했다. 외롭다는 말에 우린 "친구"를 핵심 키워드로 잡았다.

친구의 의미부터 마음 맞을 것 같은 친구를 물색했다. 친해지고 싶은 친구는 '인기녀'였다. 인기 많은 친구 주변에는 사람이 많다. 이런 친구와 깊은 정을 나누려면 친해지기 전에 접근 자체가 힘들다. 여진이처럼 무리 짓지 않은 외로워 보이는 친구에게 먼저 손 내밀어 보기로 했다. 이때 아이가 다가간 친구는 이후에 다른 반이 되었지만 지금까지 마음을 나누며 지낸다. 친구 키워드로 좋은 친구가 되기 위해선 좋은 사람이 먼저 되어야 한다는 사실을 1년 동안 배웠다. '친구'에 자신이 없던 아이는 친구들의 지지를 받아 5학년부터 전교부회장과 회장 선거에 출마했다.

6학년 핵심 키워드는 '글쓰기'다. 매일 한 시간씩 자신의 생각을 아낌없이 기록한다. 일상에서 마주한 사람과 상황을 통하여 자신의 가치를 스스로 정하는 삶을 살고 있다. 글쓰기를 통해 자신과 대화를 시도하고 피드백까지 주는 삶을 스스로 완성한다. 핵심 키워드를 깊게 배우기 위해 나머지를 포기하는 엄마 마음은 괴로움을 감내하는 인내심이 필요했다. 이렇게 하다 보니 인내심은 엄마에게 최고의 내공이 되었다. 아이는 경청을 온몸으로 채운다. 저자의 메시지에 온전히 귀를 열고, 저자가 전해주는 선물을 사람에게 풀어 놓는다. 선생님 말씀에 눈으로 응답한다. 친구들과 신의를 지키기 위해 말을 자제했다. 엄마의 교만함에 피드백 주는 아이가 되었다. 아이를 위한 단 하나의 키워드로 잘 성장하고 있다.

우린 너무 많이 배워 아는 것이 없다. 이제는 많이 배우기 위해 애쓰는 삶이 아닌 단 하나의 핵심을 위해 버리는 삶을 택해야 한다. 단 하나의 핵심 키워드만 잘 배워도 아이는 멈춤을 모르는 도전을 이어간다. 넓게 영역을 확장하는 삶은 깊이에서 나온다. 더 이상 팔방미인이 통하는 세상이 아니다. 엄친아가 아닌 하나를 즐길 줄 아는 아이가 하루를 최고의 선물로 기억한다. 최고의 하루가 모여 행복한 아이가 된다. 핵심 단 하나를 위해 무엇을 버려야 할지 말을 자제하고 아이를 관찰한다.

04
엄마도 아이도 함께 성장하는 육아

"학교에서 일등 하제? 공부 잘하지? 반장은 하나?"

"저 인생 공부 아주 잘 해요. 할머니가 상상하시는 거 이상으로 매일 열심히 배우고 있어요. 조만간에 할머니가 생각하지 못한 나를 만나게 될 거예요."

얼굴만 마주하면 공부와 연결되는 어른의 질문을 아이는 부담스러워했다. 예쁘고 야무진 아이와 대화하고 싶지만 무엇을 물어야 할지 모르는 어른의 난처함을 인지하고 살갑게 다가가는 아이가 되었다. 킥킥 웃으면서, 어른의 불안을 잠재우는 대답을 생각한다. 아이는 성적이 아닌 어른의 기준으로 판단할 수 없는 그 이상의 것을 매일 만들고 자신만의 시간을 온전히 쓰고 있다.

예전에 책 읽는 할머니가 있으면 참 좋겠다고 궁시렁하던 기억이 있다. 할머니가 손녀에게 아름답게 책을 읽어주지 않아도 된다. 누가 봐도 아름다운 할머니를 가졌으면 좋겠지만 이것은 통제할 수 없는 운이다. 우린 늘 통제 가능한 일에만 신경 쓰면 된다. 아이가 서운한 부분을 알았다면 서로 채울 방법을 생각하면 된다. 아이가 할머니에게 듣고 싶지 않은 이야기를 들었다. 그럼 어떤가? 지금이라도 할머니와 대화할 방법을 우리가 함께 찾으면 되니 말이다. 가족. 참 멀고도 어려운 존재다. 나를 낳아준 부모와 좋은 관계를 유지하고 사는 것도 힘든데 법으로 정해진 가족은 하물며 더 어렵지 않을까? 존중하지 않는다고 남 탓만 하고 살기에는 내 인생이 너무 소중하다. 스스로 귀한 사람이 되면 통제 불가능한 사람을 무시하고 지나가는 법도 보인다.

공부 잘하는 아이보다 사람과 소통하는 아이가 세상을 얻는다. 공부는 수단이다. 행복을 찾아가는 방법의 하나지 전부가 아니다. 행복을 알아가는 중심에 사람이 있다. '사람'을 몰라 힘들고 지친 부모가 많다. 실력을 쌓아 세상에 나가도 사람을 알지 못하면 좌절하고 쓰러진다. 내가 그랬다. 안전한 가족 울타리 없이 죽기 살기로 공부해서 사회에 나갔더니 실력의 모자람보다 사람 때문에 상처받고 주저앉았다. '사람'을 모르는 부모는 여전히 아이의 성장에 실력이 최고라고 여긴다. 사람을 배워가는 기술은 가족 안에서 이루어진다. 나와 가장 가까우면서 어려운 상대와 소통이 자유로워야 사회 속에서 마주하는 사람이 쉬워진다. 실력보다 '사람'이 먼저다.

나는 아침 일찍 스스로를 알아차리기 위해 직관을 이용한 글쓰기로 하루를 시작했다. 글쓰기를 통해 어떤 자세로 하루를 맞이할지 선택한다. 생각만 해도 두통 유발 시댁이 사람을 배워가는 따뜻한 곳으로 변했다. 엄마가 '사람'을 이해하기 시작하자 아이의 반응도 달라진다. 살아보니 실력 쌓는 일은 의외로 쉽다. 스펙보다 중요한 것은 상대를 있는 그대로 바라보는 관찰력이다. 관찰은 아이와 엄마를 성장하게 한다. 세상이 정해 놓은 기준이 아닌 내가 정한 행복에 가까워지려면 관찰해야 한다. 나와 아이의 행복을 위해 함께 성장하고 있다. 처음부터 엄마가 좋은 사람이 아니었다. 아이를 위해 좋은 사람이 되고자 했던 절실함이 엄마와 아이를 함께 성장시켰다. 눈뜨고 잠들 때까지 우린 배움으로 채운다. 그림 같은 완벽한 하루다.

2017년 은퇴를 선언한 일본의 피겨스케이팅 스타 아사다 마오는 중요한 경기마다 심리적인 압박을 극복하지 못해 실수를 연발하는 일이 잦았다. 아사다 마오의 오랜 라이벌 김연아 선수는 오히려 중요한 경기일수록 심리적 압박감에 흔들리지 않고 탁월한 기량으로 모두를 감동시켰다. 기대 이하의 결과가 나와도 평정심을 잃지 않는 강한 정신력을 보여줬다. 심리적 압박에 대처하는 방식에 따라 무한 잠재력을 지닌 두 사람의 운명을 갈라놓았다. 결정적인 순간에 해내는 사람들의 1% 차이를 알려주는 데이브 알레드의 《포텐셜》에서 가장 중요한 순간에 제 실력을 발휘하기 위해 알아야 할 것을 제시했다.

결과를 내야 하는 결정적인 순간을 우린 자주 만나고 압박감은 불안을 부른다. 압박감을 통제하고 실력을 발휘하려면 평소에 부정적인 말을 쓰지 말아야 한다. 어떤 언어를 사용하느냐에 따라 우리가 처한 상황을 유리하게 만들 수 있다. '하지 말아야' 할 일을 생각하다 보면 부정적인 프레임에 갇힌다. 자신의 한계를 설정하는 말이나 근거 없는 말도 압박을 통제하는데 도움되지 않는다.

"만약에 내가 이렇게 하면 그렇게 될 것이다."와 같은 현재 시제의 강력하고 긍정적인 언어로 감정을 자극하며 말하는 습관을 아이와 함께 길들이는 것이 좋다. 아침에 글을 쓰면서 하루를 통제한다면 나는 최고의 하루를 살아낼 것이다. 잠들기 전에는 긍정적인 언어로 감정을 자극하며 말하는 습관을 잠재의식에 심어준다. 일어나 글 쓰면서 하루를 정면돌파하여 원하는 일상을 만들어낸다. 예기치 않은 문제는 언제나 있다. 문제를 회피하거나 도망치는 길을 선택해서는 아무리 실력이 좋아도 결정적인 순간에 압박감을 이겨내지 못하고 실패하는 경우가 무수히 많다. 각자의 '한계치'를 넘어서고 자신의 '최대치'를 넘어서는 것이 진짜 성공이라는 데이브 알레드의 생각에 동의한다. 하루의 생각이 모여 선택을 결정하고 운명을 바꾼다. 행운이 다가왔을 때 실력을 발휘하기 위해 글쓰기를 통해 아이와 정면돌파하는 힘을 차근차근 기르고 있다.

05
엄마 사용 설명서

자기 계발 전문가 브라이언 트레이시의 대표작 《개구리를 먹어라》를 보면 목표가 많으면 이룰 수 없다고 한다. 원하는 것을 얻기 위해서는 단 하나의 목표를 세울 줄 알아야 한다. 부수적인 목표 속에서 방향감을 상실하고 우왕좌왕하는 것이 아니라 이루고 싶은 것의 꼭대기에 있는 것을 먼저 이루어야 다음 절차가 쉬워진다.

'2017년 400권의 책을 읽었다' 미래의 관점에서 자성예언했다. 400권 자성예언을 이루기 위해 대부분의 가용시간은 책을 읽었다. 밥 먹다 읽고, 잠을 줄였고, 가족들과 함께 있는 시간에도 틈만 나면 읽었다. 신호대기 중인 차에서도 읽다 뒤 차의 경적에 놀라 출발을 서두르는 일도 흔했다. 휴가와 주말은 당근 포기했다. 2017년 10월 예상과 다르게 두 달 앞당겨 자성예언을 이루었다. 중간에 이해 안 되는 책을 하루 8시간씩 씨름하는 나를 볼 때면 포기하고 싶었다. 이런 책 말고 쉬운 책으로 읽어도 되지 않을까. 엉덩이 힘을 빌려 어려운 책을 들고 있어야 하는 이유는 뭘까. 양을 채워야 하니 저자가 말해주는 메시지를 온전히 집중하기보다 처음부터 끝까지 읽고 마지막 장을 덮는 순간의 쾌감에 집착했다.

10년을 아이와 함께 독서하는 일상을 만들기 위해 정성을 쏟았다. 아이는 재미있는 마구잡이 독서로 자신의 일상을 그려갔다. 아이의 독서를 보며 추천도서가 아니어도 아이의 호기심을 따라가면 주체적인 삶을 살 수 있다는 것을 눈으로 확인했다. 아이러니하게 아이를 통해 책의 위력을 봤으면서 나를 추천도서의 틀에 가두었다. 만 권의 책을 읽으면 세상을 얻을 수 있다는 말을 믿었다. 만 권의 책보다 중요한 것은 독서를 통해 단 1%만이라도 내 삶이 변하면 되는 것인데.

가장 큰 문제는 나를 알지 못했다는 사실이다. 모든 길은 결국 한곳으로 통한다. 고전을 읽었다고 삶의 지혜를 얻는 것이 아니다. 그림책을 보면서도 지혜를 얻는 사람이 얼마나 많은가. 쓸모를 떠나 좋아하는 것에 몰입하는 경험은 다음 몰입을 이끌어낸다. 쓸모만 얻기 위해 삶에 적용하기 어려운 책을 읽으면서 나는 누구인지를 잊었다.

많이 읽은 사람이 제시하는 방법을 따라가다 보니 주인이 아닌 또 다른 만 권 독서가의 노예가 되었다는 느낌을 지울 수 없었다. 독서는 곧 살아있는 나를 만나는 길이다. 단시간에 많은 책을 읽고 얻은 결론은 '나는 누구인지' 알아야 육아든 인생이든 단순하고 쉬워진다는 진리다.

육아는 오늘을 사는 아이와 엄마의 웃음을 자주 만나는 일이다. 웃음보다 불안과 괴로움이 나를 누르고 있다면 엄마 사용 설명서가 필요하다. 내 육아의 장단점은 잘 보이지 않는다. 타인의 육아는 흠이나 칭찬거리를 단번에 찾는다. 흠이 보이면 '저러면 안 되는데, 나는 안 그래' 하면서 살짝 쾌감을 느낀다. 칭찬거리가 보이면 '옆집 엄마는 되는데 나는 왜 이럴까' 주눅 들고 쥐구멍을 찾고 싶어진다. 옆집 육아는 한눈에 들어오는데 우리 집 육아는 어렵고 복잡하다. 한 발짝 물러나 바라보는 여유와 판단하지 않는 마주함이 요구된다. 엄마 사용 설명서는 어떻게 만들까?

나에게 100개의 질문을 던져라

직소퍼즐 시작할 때 완성된 그림을 먼저 보면 분류 방법이 정해진다. 조각의 시작과 끝을 대략 짐작하면 한 땀씩 넓혀간다. 엄마 사용 설명서도 이와 같다. 10년 후 또는 5년 후 어떤 엄마로 살고 싶은지 밑그림이 필요하다. 상상력이 부족한 엄마는 생생하게 그리기 힘들다. 10년, 5년 후의 시간보다 딱 1년만 내다볼 수 있어도 충분하다.

어떤 모습이었으면 좋겠는지 생각하는 사이 제한 시간 30분 100개의 질문을 스스로 만들자. 길게 앉아 있으면 100개 채우기 전에 포기한다. 질문은 구체적일 때 효과적이다. 질문이 늘어날수록 나는 어떤 사람인지 알게 된다.

나를 행복하게 하는 100개의 리스트를 품자

답을 찾는 과정에서 내가 좋아하는 것, 나의 불편한 감정은 어디서 시작되었는지, 나의 원하는 것, 바다 깊이 감춰진 내가 누구인지의 모습이 수면 위로 올라온다. 질문의 답은 곧 나를 행복하게 하는 리스트가 된다. 소소하고 행복하게 하는 100가지를 찾아 리스트를 간직한 사람은 스트레스에 강하다. 아이와 함께하는 일상은 늘 환한 웃음이 존재하는 것은 아니지 않은가? 불안과 초조가 나를 먹어치우려 할 때 리스트를 열고 빨리 감정 기복을 잡을 수 있는 처방을 내리면 된다.

비 오는 날이면 얼큰한 수제비나 짬뽕을 찾아 맛집으로 향했다. 그러나 100개의 리스트를 간직한 나는 이제 도서관으로 향한다. 비 오는 날 도서관은 책을 읽지 않아도 마음이 깨끗해지는 기운을 얻는다. 비가 세상을 깨끗하게 했다면 책으로 마음을 정화하고, 비 그친 동네를 마주 할 때면 머리부터 발끝까지 맑아진다. 좋아하는 것이 무엇인지 알아가면서 아이의 시간을 지켜볼 수 있게 되었다.

엄마 사용 설명서는 엄마가 만드는 것이다. 나조차 사용법을 모르는데 타인에게 위로받고 공감 받는 일이 가능할까? 필요한 것이 무엇인지 명확하게 보일 때 성장을 이끌어주는 스승도 만난다. 좋은 스승은 준비된 제자에게 나타난다. 세상이 팍팍할 때도 우릴 성장하게 하는 스승이 주변에 널렸다. 엄마 사용 설명서를 간직한 사람에게만 보이는 법이다.

아이의 장점 100가지 찾아주기

참말로 아이가 미울 때가 있다. 알고 보면 아이의 행동이 미운 짓이기 보다 엄마의 마음이 불편하기에 밉상으로 보인다. 어제 멀쩡히 넘어간 일도 오늘 눈에 거슬려 다그치고 '지랄병'이 도진다. 그때 아이를 위한 행동요령이다. 앉은 자리에서 100가지 장점을 선물한다. 처음 100가지 장점을 쓴 아이와 나의 교환일기장을 내밀었을 때 여진이는 울었다.

100가지 장점을 한 번에 써내려가려면 아이를 유심히 보게 된다. 머리 안 감아서 떡진 아이가 소신 있는 아이로 변한다. 엄마의 씻어라 소리보다 하고 싶은 일에 집중하느라 씻으러 가지 않는 아이가 신념이 강한 아이로 변모한다. 상의와 하의가 전혀 어울리지 않는 옷을 입고 동네를 활보하는 아이를 보면서 남들 시선에 무게를 두지 않는 멋진 아이의 장점을 발견한다. 100가지 장점 찾아주는 나를 보며 남편은 질투한다. 진짜 밉상 남편이 옆에 있다면 도움 될 듯하다. 아이보다 남편 장점을 먼저 찾아보자.

엄마의 관찰력은 아이의 행동에 힘을 실어주고 괜찮게 잘살고 있다는 안도를 선물한다. 사실 아이와 웃으면서 장난치고 깔깔 넘어가지 못했다. 심각하고 무거운 엄마라서 아이와 상상놀이 하면 닭살. 100가지 장점 찾기는 누구나 할 수 있는 손쉬운 방법이다. 쉬운 방법이 아이와 엄마를 웃게 한다. 쉬운 육아도 계속하다보면 폭발적인 힘을 얻는다.

06
좋은 운을 쌓아야
기회가 온다

"엄마나 아빠와 함께 가면 마음껏 식물과 대할 수 없단 말이야. 아기처럼 못 기다리고 빨리 가자고 자꾸 보채잖아. 어른이면 진득한 맛이 있어야 하는데 엄마와 아빠는 아닌 듯."

앞뒤 가리지 않고 식물에 빠져드는 아이는 신기하지만 화원 주인 눈치가 보인다. 엄마는 미니멀 라이프를 간직하고 살기에 화분 살 마음이 없다. 현관만 나서면 충분히 아름다운 정원이 펼쳐지는데 굳이 시간과 에너지를 쏟아서 가꾸고 싶지 않다. 2,000원 화분 하나 사면서 몇 시간을 바라보니 화원에 안 갔으면 좋겠다는 마음이 많았다.

어느 날 죄송한 마음에 아이스커피를 사들고 매일 오는 아이 엄마라고 감사하다고 화원 주인께 인사했다. 트럭으로 이동하시는 분이라 요일별로 위치는 변한다. 더운 날 화분 트럭의 위치를 기가 막히게 찾아와 매일 말동무가 되어줘서 재미있다고 오히려 칭찬해주셨다. 가끔 안 오는 날이면 오늘은 왜 안 왔지? 소식이 궁금하다고 먼저 걱정하지 말라고 말씀하셨다. 책이나 인터넷을 통해 사진으로 배우는 간접경험에서 실물과 전문가의 솜씨를 한 번에 볼 수 있는 살아있는 배움의 장을 열어주셨다. 자주 가는 김해 화훼단지 내 친절한 주인은 꽃과 함께 열리는 아이의 미래도 아름답게 예언해주셨다. 꽃을 즐기며 어떻게 돈을 벌 수 있는지 직업체험까지 공짜로 시켜주셨다.

엄마가 되기 이전에 많은 인연이 있었다. 앞이 보이지 않는 상황에 누군가 나타나 따뜻한 손길을 내밀었고 옹골차게 밥벌이 되는 수학 강사가 되었다. 엄마가 되고는 저자들을 만나면서 육아의 난관을 헤쳐나갈 힘을 얻었다. 이만큼 살게 된 것이 노력으로 이뤄진 결과라 생각하고 오만할 때가 있었다. 만약에 인연을 만나지 못했다면 어떻게 되었을까? 상상하기 끔찍하다. 나쁜 길로 빠지지 않고 양심 지키면서 그럭저럭 살아낼 수 있었던 것은 좋은 사람을 만날 운이 가득했기 때문이다. 근묵자흑近墨者黑. 먹을 가까이 하면 검어진다는 뜻으로, 나쁜 사람과 가까이 하면 나쁜 버릇에 물들게 됨을 이르는 말이다. 나쁜 사람이 '나 나빠요.' 이름표 달고 다니지 않는다.

나쁜 상황이 나를 비켜 가는 것도 운이다. 나쁜 사람이 내 곁에 다가오는 것도 운이다. 근묵자흑의 논리로 사람을 가리기 이전에 모두 좋은 운을 쌓는 사람이 먼저 되면 좋겠다. 좋은 성과를 내고 싶은 사람이 노력하는 것은 당연하다. 노력이 있는 그대로 빛나려면 좋은 운이 따라야 한다. 좋은 운이란 사람이 전해준다. 아이에게 좋은 사람이 모이고 배움의 장이 열린 바탕에는 운이 작용했다. 엄마의 걱정대로 귀찮아 하는 어른을 만났거나, 아이가 예상치 못한 상황을 만났다면 좋은 기억보다 세상을 바라보는 부정적인 시각을 얻었을 것이다. 아이를 키우다 보니 어떤 것도 감사하지 않은 일이 없다.

육아가 구수한 된장찌개를 끓이는 일이라면 엄마의 정성과 노력은 육수와 향이 깊은 된장이다. 진한 국물맛을 원한다면 채소와 양념이 자연스럽게 어우러져야 한다. 채소와 양념은 아이가 만나는 사람이다. 신선한 채소와 양념이 적당한 때에 맛을 내려면 엄마는 좋은 운을 한없이 만들어야 한다. 어떻게 좋은 운을 만들까?

1만 명의 의뢰인의 삶을 분석한 결과로 쓰인 변호사 이시나카 쓰토무의 《운을 읽는 변호사》의 지혜를 빌려본다. 도덕과학에서도 인간은 '살아 있는 한 도덕적 과실을 저지르는 존재'이다. 매일 먹는 음식도 고기나 생선, 채소의 생명을 빼앗고 있는 것이며, 매일 이용하는 철도나 도로도 건설 노동자들의 희생산물이다. 이처럼 우리 모두는 누군가의 희생으로 편안한 생활을 영위하고 있으므로 항상 감사한 마음을 가져야 한다. 도덕과학에서 이것을 '도덕적 부채'라고 한다. 저자는 도덕적 부채에 대한 인식없이 살거나 감사한 마음을 가지지 않으면 운이 달아난다고 말한다. 도덕적 부채를 갚아가는 길은 일상에도 충분히 적용 가능하다.

마트 가면 조금 더 신선한 채소와 상품을 고르기 위해 뒤적거렸다. 유통기한은 가장 긴 걸 찾기 위해 가장 안쪽에 있는 물건을 끄집어냈다. '아 역시 센스 있는 엄마야, 물건 하나 고를 때도 크고 좋은 것, 싸게 사는 방법을 알고 있다니.' 시장을 가면 같은 값이면 좋은 물건을 고르기 위해 여기저기 살폈다. 이제 나를 위한 좋은 물건을 찾지 않는다. 유통기한이 다 되어가는 물건을 사고 2일 안에 먹는다. 진열된 감자를 살 때 주인 앞에 있는 가장 가까운 물건을 선택한다. 작은 돈의 쓰임이 어느 곳으로 가는지 자주 생각한다. 이왕 쓰는 돈 타인에게 도움이 되는 방법을 고민한다. 크게 운을 모으려는 것이 아닌 서 있는 곳에서 할 수 있는 일을 실천한다. 선택은 빠르게 남는 시간을 귀하게 쓴다.

만나는 아이마다 장점 하나는 꼭 찾아준다. 어른에게 산만하다, 징징거린다, 번잡하다고 자주 지적받는 초등 1학년 남자아이가 있었다. 그날도 무식한 어른에게 지적받아 눈물을 흘리기 직전이었다. 아이 손을 보니 통통하고 깨물어 주고 싶을 만큼 짧고 귀여웠다.

"내 손은 가늘고 길어서 어른들이 자주 게으른 손이라고 말했거든. 철수 손을 보니 정말 부지런한 성품을 지녔구나. 부지런한 사람 중에 철수처럼 예쁜 손 가진 사람 많아."

말하고 잊고 있던 어느 날 철수 엄마가 "이모가 나보고 부지런한 사람이래. 나도 그렇게 생각해." 그가 음흉한 미소를 띠고 혼자 중얼거린다고 한다. 요즘 육아 교육 열풍으로 똑똑한 엄마들이 너무 많다. 이러면 되고 저러면 안 된다를 달고 산다.

"자식 키우는 사람은 어떤 경우에도 남의 자식을 입에 올리는 거 아니다."

할머니 말씀을 흘렸는데 아이를 위해 좋은 운을 벌려면 '입조심'은 필수다. 옆집 엄마와 어울리지 않는 이유도 여기 있다.

운이 좋아지는 3단계 행동원칙은 배려하고 격려하고 칭찬하는 말이다. 남을 배려하는 말은 사람과의 신뢰를 쌓고, 격려하는 말은 상대의 마음을 밝게 해준다. 칭찬하는 말은 적극적으로 행동하는 사람으로 만든다. 다 아는 진리지만 일상에 적용은 힘들다. 인정하자. 인정하는 자만이 변한다. 운이 좋아지는 말 3단계도 중요하지만, 아이와 살면서 딱 하나만 잘해도 된다. 사람은 누구나 의도와 다르게 실수한다. 자신도 모르게 상대에게 상처를 준다. 아는 즉시 우린 한마디면 충분하다. "미안해." 변명과 설명은 필요없다. 일단 "미안합니다"로 시작해야 상대가 마음을 연다. 지랄 맞은 엄마의 화를 온몸으로 막아내면서 아이가 예쁘게 성장할 수 있었던 핵심은 "미안해"다.

엄마의 "미안해"를 듣고 자란 아이는 상대를 빨리 이해한다. 좋은 사람 만나고 배움의 기회를 얻으며 성장한다. 어떤 스펙보다도 사람이 인연이 되어 아이의 귀한 프로필이 완성된다. 아이가 가진 스펙이 빛나는 프로필이 되려면 엄마는 운을 모아야 한다. 운은 작은 곳에서 시작되어 눈덩이처럼 굴러다닌다. 다만 인과관계가 정확하지 않아 서툰 엄마에게 보이지 않을 뿐이다. 기회는 사람이 주는 것이며 사람은 본능적으로 좋은 사람을 알아본다.

07
육아는 반전 있는
드라마다

7살 아이가 2시간 꼼짝 않고 앉아 그림책 한 페이지를 혼자서 묵묵히 따라 그렸다. 각양각색의 꽃이 가득한 정원이었고 잎사귀가 가득하여 엄마조차도 따라 그리기 쉽지 않은 장면이었다. 그림책으로 미술까지 되는구나 감탄은 잠시 그 이후 오랫동안 아이는 완성된 작품을 만들지 않았다. 그날의 실력은 어디로 사라졌는지 주변 미술 전공자로부터 시선 확장과 상상력을 위해 미술교육이 필요하다는 조언을 심심찮게 들었다. 다만 미술이란 기법보다 아름다움을 느끼는 감각이 먼저 발달해야 한다는 신념이 있었기에 견딜 만했다.

6학년 초, 아이의 책상을 정리하다 청소기를 멈췄다. 수십 장의 습작 속 캐릭터들이 내게 말을 걸었다. 사이사이 캐릭터의 탄생 스토리와 아이의 마음이 있었다. 아이는 엄마에게 자신의 능력과 재능을 증명하지 않아도 된다. 때가 되면 자연스럽게 아이는 자신의 능력을 세상에 보여준다. 재능과 잠재력을 빨리 끌어내어 사회가 인정하는 성과를 증명하려다 아이는 어떤 분야에서 호기심을 잃을 수 있다. 얻는 것보다 잃는 것을 먼저 생각해야 한다. 미술 감각을 익히려다 무리한 경쟁과 사교육에 노출되면 창의력의 씨앗인 호기심의 싹을 밟히기도 한다. 아이의 능력을 세상 사람으로부터 인정받고 칭찬을 들어야 엄마가 높은 육아 성적표를 받는 것이 아니다. 누군가와 비교하지 않고 온전한 사랑을 전한다면 아이는 매일 순간마다 엄마의 노고에 답한다. 남들 기준에 맞춘 삶이 아니라 내면의 울림을 들으며 자라는 아이는 끌리는 일에 집중하고 성장의 토대를 가꾼다.

5살 때, 엄마와 종일 시간을 보내는 아이는 길가에서 풍선을 나눠주는 선생님께 반했다. 회원 모집 차 집 앞에서 자주 만나는 학습지 선생님이 아이를 붙잡고 창의력을 키워주는 학습지를 설명했다. 스티커 붙이고 엄마 아닌 선생님의 목소리는 아이의 이목을 끌 만했다. 창의력을 키워준다는 학습지를 3개월 했다. 처음 한 달은 선생님 오시길 설렘을 안고 기다렸다. 두 번째 달부터는 밖에서 뛰어놀다 선생님 오시는 시간에 맞춰 들어와야 한다는 사실을 아이는 이해하지 못했다. 더 놀고 싶은데, 놀이터, 동네 탐색, 횟집에서 물고기 보기, 꽃집에 사는 똥개 밥주기 할 일이 태산인데. "내일 또 오자." 말하는 엄마가 얄미웠다. 두 달 만에 선생님 만나길 중단했다.

"어머니, 읽기와 스토리 파악 능력은 월등히 좋습니다. 수학이 너무 떨어집니다. 여진이 나이면 숫자 세기, 간단한 더하기 빼기는 자연스럽게 합니다. 수학 학습지도 해야 합니다. 모든 영역이 골고루 균형 있게 발달해야 아이는 자신감을 지닌 채 학교 생활합니다. 읽기가 탁월하지만, 수학이 떨어지면 아이는 수학에 기준을 두고 자신의 능력을 가늠합니다."

수학으로 밥벌이하는 엄마에게 중고등학생 수업만 해서 초등을 몰라서 불안감이 없으시다고 걱정하시면서 조언하셨다. 아이들과 함께한 시간이 많은 내게도 수학 수업을 권한다. 많은 옆집 엄마들에게 자신감과 불안이라는 재료로 사교육을 유혹할지 미뤄 짐작할 수 있다. 선생님의 말씀대로 아이는 초등저학년 때 탁월하게 좋은 읽기 실력보다 구구단을 못 외워서, 문제를 이해하고 풀어내지만 문제 푸는 속도가 낮아서, 자신은 공부 못하는 아이라고 좌절하기도 했다.

5학년 초에 복잡한 세상을 심플하게 꿰뚫어 보는 수학적 사고의 힘을 알려주는 도마베치 히데토의 《숫자 없이 모든 문제가 풀리는 수학책》을 아이가 읽었다. 읽으라고 권한 책이 아니고 엄마가 읽으니 호기심으로 시작했다. 중학교 1학년 수학 교육 과정에 나오는 마이너스의 의미와 고등학교 수학 과정에 나오는 벡터의 공간을 며칠 궁리하다 스스로 익혔다. $-3 \times -2 = 6$을 수식으로 익힌 것이 아니라 자동차의 역방향과 벡터의 공간을 이용해 이해하고 엄마에게 설명했다.

엄마가 수학 선생님이니 당연한 결과라고 말하고 싶을 것이다. 엄마가 수학 선생님이라서 아이에게 문제 푸는 수학을 강요하지 않는다. 엄마가 오랫동안 학생과 함께했기에 학습과 관련된 공부가 아닌 기다림을 택했다. 아직도 여진이에게 수학 공부의 타이밍이 오지 않았다. 그러기에 엄마와 수학 공부 시간은 필요치 않다. 초등학생 6년 동안 어떤 문제집도 끝까지 푼 적이 없다. 간혹 수업 중에 문제 푸는 시간이 허락되면 친구들이 신속하게 풀어내는 모습을 보고 자신은 아직 남은 것이 많아 당황하거나 속상했다고 한다. 한 번도 문제집을 풀린 적이 없는데 숙제나 수학 원리를 이해하는 모습을 보면 '와우' 감탄한다. 문제를 해답지처럼 푼다. 계산력을 올리기 위한 문제를 풀지 않아서 설명이 길다. 간단한 수식 한 줄이면 끝날 문제를 야무지게 서술한다. 아이의 수학은 담임선생님과의 시간이 전부다. 엄마는 대신 수학 만화책부터 그림책, 어른을 위한 책 볼 기회를 만든다. 책 선택은 아이의 몫이다.

아이가 겨우 12살이다. 육아에 반전 있는 드라마를 말하기는 짧다. 12년 동안 여러 굴곡을 엄마와 넘었다. 사회성이 없는 아이, 한쪽으로 편향된 성장을 보이는 아이, 남들이 가는 길을 가지 않는 아이, 공부해야 할 때 노는 아이, 엄마의 극성이 망친 아이 등 온갖 모진 소리를 들었다. 그냥 흘러가는 말로 누군가는 이야기했을 것인데 심지가 약해 송곳으로 찌르는 통증을 느꼈다. 통증이 나와 아이를 성장하게 했다.

전문가들은 통계와 확률을 기본으로 이론을 전개한다. 발달 단계 과정이 우리 아이와 맞지 않을 수도 있다. 발달이 균형에 맞게 단계적으로 이루어질 것이라는 망상은 버려야 한다. 아이는 기계가 아니다. 데이터를 입력하면 알고리즘에 맞게 척척 원하는 대로 움직이는 컴퓨터가 아닌 것은 모두 알고 있다. 아이들 성장 과정은 왜 골고루, 균형 있게, 발달 단계를 논할까? 내 아이가 정답이다. 아이는 때가 되면 단계를 강요하지 않아도 스스로 뛰어넘는다. 정답을 늘 간직한 아이에게 필요한 것은 엄마의 기다림뿐이다.

친정엄마 없이 육아를 시작했다. 육아하는 동안 아버지를 유난히 미워했다. 가난했던 내 과거가 아파 자주 좌절했다. 가진 것 많은 옆집 엄마가 부럽고 질투 났다. 수학 말고 돈벌이가 더 잘되는, 아이 키우면서 자유롭게 움직일 수 있는 직업을 가졌어야 했는데. '아, 잘못 살았는가 봐.' 엄마 없이 지나온 과거도 힘들었는데 엄마 없는 그늘이 육아에서도 나타나다니 '이건 진짜 불공평해.' 어른의 재력, 엄마의 성실함, 아빠의 온화한 행동력이 만나면 아이는 세계를 얻는다는데. '노력하는 나 말고는 아무도 돕는 사람이 없어.' 수십 가지의 평계와 불만으로 기쁘지 않은 날이 많았다.

"앞날을 내다보면 점을 이을 수 없습니다. 오직 과거를 돌이켜봄으로써 현재를 연결지을 수 있을 뿐입니다. 그러니 지금은 현재 직면한 각각의 점이 미래에 어떻게든 연결될 거라고 믿고 몰두해야 합니다. 저는 이런 생각을 버린 적이 없습니다. 그리고 이러한 믿음이 제 인생을 바꿔 놓았습니다."

스티브 잡스가 스탠포드 대학교 졸업식에서 말했다. 앞날이 자주 어두웠다. 평범치 않은 터널을 지나왔는데 가장 길고, 무섭고, 두려운, 육아 터널이 있을 것이라고는 상상도 못 했다. 하지만 도망치지 않았다. 그때마다 밝은 빛을 보는 날이 있을 것이라 믿고 걸었다. 뛰기도 했고 넘어져 며칠 잠만 자고 자포자기도 했다. 12년의 육아 드라마의 반전은 엄마의 성장이다.

스티브 잡스 말처럼 과거의 모든 점을 현재에 연결할 수 있고 받아들이고 인정하는 엄마가 되었다. 과거의 모든 일이 아이를 만나 행복하기 위한 연습의 시간이었음을 온몸으로 느낀다. 오늘을 즐겁게 사는 법, 아이와 동반자로 지구별 여행을 무사히 마치는 법을 배워가고 있다. 미래를 위해 오늘을 치열하게 살지만 견디는 일상이 아니다. 불공평했던 세상에 단 하나 공평한 시간의 귀중함을 안다. 똑같이 주어진 24시간 아이와 온전히 뒹굴고, 나와 아이를 위해 반성하고 행동하며, 타인을 위한 일을 작게나마 시작하고 있다. 그걸로 우리의 반전 있는 육아 드라마는 충분히 가치 있다.

우리 앞에 어떤 시련과 고통이 또 있을지 모른다. 이전에는 행복한 감정이 쭉 오래가길 빌었다. 그런 날은 영원히 없다. 오늘 잘 성장하고 믿었던 아이가 내일 나를 불안에 떨게 할지도 모른다. 다

행인 것은 그 불안으로 불행을 불러들이지 않을 연습을 지금 하고
있다는 사실이다. 반전 육아의 핵심은 '감사합니다. 이만큼이라도
살게 해주셔 감사합니다.' 무의식이 울리는 마음의 요동침을 듣는
것이다.

민감한 내 아이를 위하여

생후 36개월 건강한 발육을 자랑하는 여진이를 재우고 달래는 일은 힘들었다. 잠들기 위해 뒤척이며 칭얼대는 아이를 엎고 재우려 등을 내어줬다. 딱 10분 참았다. 10분 안에 잠들지 못하는 아기를 편안하게 재우기 위해 밤바람을 쐬며 "잘 자라. 우리 아가. 앞뜰과 뒷동산에~" 부드러운 목소리로 자장가를 불러주지 않았다. 책에서 본 것은 있어서 자라고 윽박지르지 못하는 대신 표정과 몸짓으로 '빨리 자라고, 나 좀 살자고.' 분노를 강렬하게 표현했다. 잘 키우고 싶은 욕망은 간절했지만, 육아의 고통을 받아들이는 임계점이 낮았다.

엄마, 아빠와 주로 시간을 보낸 아이가 학교 조직 생활을 시작하자, 친구들의 말 한마디에 민감한 반응을 보였다. "그것도 못 하니, 바보야." 장난기 가득한 아이들이면 으레 할 수 있는 말이다. 학습지를 통해 맞고 틀린 것에 초점 맞춘 칭찬에 익숙한 아이들은 친구에게 "못하는구나, 이렇게 해야 되는 거야. 넌 할 줄 아는 게 뭐니?" 하는 말을 심심찮게 들었다. 농담이든 진담이든 소중한 상대에게 쓰지 말아야 할 단어는 존재한다. 생각 없이 뱉은 말에 상처받았고 그 모습으로 지켜보는 엄마는 가장 연약한 부위에 칼끝이 배인 듯한 통증의 맛을 봤다.

아이의 상처를 지켜보는 것이 아파서 "당당하게 말해야지, 나를 지키지 못하면 아무것도 할 수 없어. 친구가 막말하는데 막지 못한 네 책임이야." 하고 떠들었다. 엄마가 알려준 대로 친구 앞에서 당당하게 말하고 싶지만 원치 않는 상황에 놓이면 정신이 멍해지고 무슨 말을 해야 할지 몰라서 한심스럽다고 아이가 말했다. 자신도 엄마가 말하는 대로 용기 있게 맞서는 사람이 되고 싶다고, 하지만 그렇게 안 되는 걸 어떻게 하느냐고 두렵다고 했다. 엄마의 조언을 실천하지 못하는 일상을 만나면서 친구에게 상처받고 이중으로 좌절했다.

밥벌이를 위해 실력 쌓고 나만의 성과 내는 일에는 자신감이 가득한 엄마였다. 하지만 낮은 자존감 소유자여서 높은 기준치를 세우고 그곳에 도달하기 위해 노력에 노력을 더하는 엄마였다. 밥벌이에는 족히 성과가 났다. 다만 인간관계는 어려움이 따랐고 그때 그때 상처를 어루만지지 못해 39살 어둡고 깊은 굴속에 빠졌다. 아이는 자신이 발 닿는 곳에서 목소리를 내고 남편은 직장이나 인간관계에서 나름의 인정을 받으며 작은 행복에 감사를 아는 일상을 만들고 있었다. 누가 봐도 불행의 그림자가 피해갈 만큼 부족함 없는 일상이었다. 하지만 39살 나는 행복하지 않았다.

아이와 독서를 통해 그림 같은 순간을 그려온 작은 경험 덕분에 어둡고 긴 터널을 빠져나오는 길은 독서뿐이라 여기고 매진했다. 39살 대부분의 가용시간을 읽기와 쓰기에 집착했다. '이주하'를 발견하려고. 읽기에 집중할수록 왜 행복하지 않았는지, 왜 무너졌는지, 앞으로 어떤 마음으로 살아야 하는지 서서히 갈무리 되었다. 아직도 정리되지 않는 것들이 가득하지만 깨달은 것이 있다.

나는 민감하고 예민하며 까칠한 사람이다.

39년을 사랑받기 위해 노력하는 일상을 살았다. 까다롭고 외향적인 듯 내성적인 사회성이 부족한 모습을 바꾸기 위해, 예민하고 까칠한 단점을 버리기 위해 끊임없이 노력했다. 나를 위한 읽기에 집중하고 알았다. 민감한 사람들은 달라져야 한다고 끊임없이 부추기는 세상에서 나를 사랑하는 법을 제대로 배우지 못했을 뿐이다. 자기계발을 통해 지울 수만 있다면 깨끗하게 지워버리고 싶었던 예민하고 민감한 촉각은 한계를 인정하고 살려내야 할 신이 주신 감각이다. 잘못된 자기계발을 오랫동안 했다. 그토록 버리고 싶은 것이었는데 예민하고 민감한 성향이 그대로 남았다.

남들보다 민감한 사람을 위한 섬세한 심리학《센서티브》를 쓴 일자 샌드에 의하면 우리 사회가 높이 평가하는 창의력, 통찰력, 열정, 공감 능력은 민감함을 기반에 두고 있다. 민감한 사람들은 탁월한 성취를 이룰 만한 큰 잠재력을 지니고 있지만, 정작 본인은 자신이 얼마나 놀라운 능력을 가졌는지 모른다고 말한다.

민감한 사람은 누구보다 풍부한 내면세계가 있고 자신에게 집중할 줄 안다. 자신에게 주어진 일에 애정을 갖고 최선을 다하는 태도인 열정으로 이어진다. 민감한 사람은 조직이나 모임에서 성과를 내고, 그 분야의 최고로 인정받는 경우가 많다.

다만 민감한 사람들은 고통의 임계점이 낮아 같은 상황에서도 다른 사람들보다 고통을 더 크게 느끼는 한계에 이른다. 이들은 상황이 좋을 때는 창의적일 수 있지만, 주변 환경이 나쁠 때는 쉽게 지쳐 버리는 단점이 있다. 내 육아는 고통의 임계점이 낮아 고달프고 힘들었다. 아이를 사랑하지만 있는 그대로 표현하지 못하고 더 나은 엄마가 되기 위해 고통을 감추고 참고 견디는 순간을 발휘하면서 폭발과 자기 비하에 빠졌다.

그토록 버리고 싶었던 민감한 성향은 고쳐야 할 단점이 아니라 장점으로 발전시켜야 할 좋은 재료다. 예민하고 까칠하게 반응하는 한계와 장점을 인정하고 섬세하게 다룰 때 나다운 행복이 곁에 머문다. 자존감은 자신의 본질을 이해하고 자신의 가치를 아는 것이고, 자신감은 자신의 능력과 행동에 대한 믿음이다. 낮은 자존감으로 높은 자신감을 유지했기에 불행하다 느꼈다. 높은 자신감은 낮은 자존감을 보완하기 위한 노력에 불가했다.

해결책은 의외로 단순했다. 타인에게 미움받을 용기를 내어 위험을 감수하고 어떤 경우라도 내가 좋아하는 일을 하고 싶은 만큼 하면 된다. 사랑받기 위해 노력하는 것이 아니라 자신의 한계를 인정하고 자신에게 집중하는 시간을 가지면 된다. 예민하고 까칠한 것을 알지만 이 자체를 인정하는 일은 쉽지 않았다. 5명 중 4명이 덜 민감하다고 한다. 남들과 다름을 인정하는 것은 그 안에서 살길을 찾아야 하기에 불안하다. 나를 까칠하게 있는 그대로 인정하면서 아이의 고통이 보였다.

밝고 건강하며 민감한 아이는 익숙하지 않은 인간관계에서 트러블이 느껴질 때 예민한 신경 시스템 때문에 일상생활에서 더 많은 어려움을 겪는다. 강한 정신력과 외향적인 성격을 높이 평가하는 사회 속에서 스트레스를 받는다. 엄마 자신이 어떤 성향인지 모르니 어려움을 겪을 때 위로와 공감을 얻지 못하고 아이는 고통을 숨기고 스스로 이겨보려 노력했다. 이 과정에 아이는 얼마나 아팠을까? 민감한 나를 인정하지 못하고 바꾸려 노력하는 과정에서 나는 쓰러지지 않았는가?

나보다 나은 삶을 살게 하겠다는 엄마의 목표가 때론 아이를 정신적 낭떠러지로 몰았을지도 모른다. 의도는 좋았지만 나를 인정하지 못하니 공감과 위로가 되지 못한 날들이 많았다. 내 부모가 자식이 잘되었으면 좋겠다는 염원을 가지고 단점에 집착하고 장점을 살리지 못한 과오를 보여준 것처럼. 여진이도 언젠가 엄마의 어설픈 감정과 욕심을 읽어내는 날이 올 것이다. 이날을 알기에 여진이는 내게 가장 사랑스러운 존재이자, 두려운 존재다. 이것을 알기에 돌아보게 된다.

엄마의 관심이 '아이를 위한' 것인지, '아이로 인해' 제 3의 것을 얻으려는 관심이었는지 수없이 되뇌어 본다. 반성을 거듭하면서 아이를 위한 일이 되도록 노력한다. 39년 동안 나를 있는 그대로 인정하는 법을 배우지 못했으면서 잘 살아왔다고 평가했던 것처럼 어느 순간 알게 될 것이다. 아이를 통해 제3의 것을 얻기 위해 아이를 이용했다는 깨달음 말이다. 이 과정이 엄마는 아프다. 그럼에도 밝고 환한 얼굴로 제 몫을 하며 하루를 사는 여진이에게 깊이 감동하고 고맙다.

까칠하고 예민한 엄마를 닮아, 엄마가 만들어 놓은 예민의 덫으로 아이는 또래보다 더 많은 상처와 마주하게 될지도 모른다. 이걸 조금은 피해가기 위해 엄마는 오늘도 쓰고 읽는다. 여진이도 살다 보면 언젠가 엄마가 될 것이며, 이전에 보지 못한 자신을 만나면서 아프거나 좌절할지도 모른다. 세상에 완벽한 부모가 없기에 엄마의 이기심을 빨리 눈치채고 엄마를 이기는 건강한 아이로 자라나길 빌어본다. 이미 읽고 쓰는 삶의 기본을 닦고 있는 여진이는 엄마의 부족함을 사랑으로 받아주는 용기 있는 아이다.

삶에서 가장 힘든 것은 나를 인정하는 것이다. 매 순간 읽고 쓰면서 우린 이전과 다른 나를 만난다. 그속에서 사랑하고 자신을 지지하는 법을 배워간다. 힘든 순간은 있을지언정 넘어졌다 하여 주저하거나 후퇴하지 않는다. 넘어지고 상처 받았을 때 온전히 안아주지 못해 미안함이 많은 엄마지만 당당하게 장점을 살리는 용기 있는 여진이의 삶을 응원한다. 예민하고 민감하기에 더 많은 것을 보고, 듣고, 느끼며 한 가지 현상에서 다양한 측면을 꿰뚫어 볼 아이의 앞날을 축복한다.

부모님의 간절한 기도가 있었기에 여진이와 이만큼 행복하게 사는 중입니다. 감사합니다. 일단 저지르고 보는 아내를 아낌없이 지지해준 인생 파트너, 절대적인 사랑을 보여준 딸. 사랑합니다. 나를 돌아보는 글 쓰는 삶을 알려주신 이은대, 이동우 작가님. 고맙습니다. 부족한 원고지만 많은 사람에게 도움의 손길이 되도록 애써주신 바이북스 출판사와 대표님께 감사를 전합니다.

2019년 2월 여진이의 초등학교 졸업을 앞둔 어느 날
이주하